Benoît Duteurtre est né près du Havre. Encouragé par Samuel Beckett, il publie en 1982 son premier texte dans la revue *Minuit*, puis accomplit divers métiers entre musique et journalisme.

Il est l'auteur de plusieurs romans (*L'amoureux malgré lui*, *Tout doit disparaître*, *Gaieté parisienne*) et d'un recueil de nouvelles (*Drôle de temps*). Sa curiosité pour les situations et les décors contemporains, son écriture limpide, son humour décalé marquent sa singularité dans la jeune littérature française.

PREMIÈRE PARTIE

Portrait de Nicolas

I

Nicolas marche sur les berges de la Seine.

Les anciennes péniches sont transformées en théâtres flottants, pianos-bars, musées des mariniers. Deux pêcheurs silencieux lancent leurs lignes dans l'eau trouble. Rien, à première vue, ne les distingue du traditionnel pêcheur à la ligne ; sauf ce détail : l'un des hommes porte, sous sa casquette, une longue natte grise tressée de vieux hippie.

Nicolas se remet en marche, quand son oreille est attirée par une musique au loin. Il reconnaît une cornemuse, les accents d'une bourrée paysanne. Il marche encore, passe le pont de la Tournelle et découvre au bord de l'eau une foule de campagnards de tous âges, buvant, dansant, s'activant autour d'une machine agricole.

Juchés sur la batteuse à vapeur, des travailleurs ruraux du dix-neuvième siècle sont armés de fourches, vêtus de blouses de toile, coiffés de chapeaux de paille. La roue tourne, entraînée par une courroie. Des bateaux-mouches glissent sur l'eau, diffusant leurs commentaires touristiques en multiples langues. Sur le quai, indifférents, les paysans charrient des bottes de foin parmi les jets de fumée. Le moteur gronde. L'engin mécanique, surgi du fond du temps, égrène les céréales, divise les épis de blé, souffle une poussière dorée dans le ciel de Paris. Le groupe de villageois s'agite fiévreusement sur le terre-plein goudronné. Une paysanne, couverte d'un fichu, brandit son râteau de bois.

Nicolas suppose qu'il s'agit du tournage d'un film. Il cherche les projecteurs, les caméras, l'équipe de production… Rien. Promeneurs, joggers, hommes, femmes et chiens s'arrêtent comme lui devant la batteuse à vapeur et observent l'antique tribu, établie sur la rive gauche du fleuve. À l'ombre des arbres sont disposés quelques stands, où l'on peut acheter des produits de la ferme : vrais œufs, vrai poulet, vraie viande, vendus par ces vrais paysans. Les enceintes acoustiques crachent une vraie musique auvergnate. Toute l'exhibition traduit un effort vers l'authentique, le naturel, le spontané, comme si ces moissons ravivaient un cycle éternel. Nicolas lève la tête. Dans l'air flotte une banderole où l'on peut lire :

DEUXIÈME FÊTE DE LA BATTEUSE
Organisée par la Mairie de Paris
et les amis de l'Auvergne

Plus haut, sur le boulevard, on entend l'écho des klaxons. Cette nostalgie terrienne, à la veille de l'an 2000, éveille dans l'esprit de Nicolas une idée.

II

Nicolas a l'air de flâner, mais il travaille. Il est à l'affût d'un article sur la vie moderne.

Il porte un blue-jean, des chaussures anglaises et un polo clair. Mal rasé, il avance, la bouche à demi ouverte. Ses cheveux noirs sont frisés. Il aura bientôt trente ans.

On est à mi-saison. Il fait doux. Au croisement de deux boulevards, Nicolas compte les voitures, très nombreuses, qui se succèdent sous le ciel gris. Il songe à publier un dossier sur l'automobile.

Nicolas devrait être content, mais il se sent triste. Il vient d'être nommé directeur de la revue *Anti-Pouvoirs*, un bulletin de subversion artistique et intellectuelle parrainé par le ministère de la Culture. Remarqué lors de débuts journalistiques brillants, appuyé par quelques relations, Nicolas a été désigné en haut lieu pour animer cette feuille d'encouragement aux idées nouvelles. Il est payé chaque mois pour témoigner de la vitalité intellectuelle, éveiller des débats, saisir les idées dans l'air. Lors de la présentation du projet, au cours d'une conférence de presse, le ministre a qualifié *Anti-Pouvoirs* de « centre d'agitation esthétique ». Aidé d'un assistant et d'une secrétaire, Nicolas réfléchit, organise des réunions, au cours desquelles les polémistes de tout poil — écrivains, journalistes — viennent exposer librement leurs idées sur l'art, la culture, la société. Nicolas fréquente les cocktails ; il sait nouer quand il le faut une cravate. Le reste du temps, il flâne à l'affût de considérations sur le monde contemporain. Nicolas est jeune, débrouillard, libre de son temps, mais il trouve qu'il travaille trop. Il s'imagine plutôt, en réalité, poète.

Nicolas s'engouffre dans une rame de métro. Il s'assoit discrètement au milieu d'un groupe de lycéens qui dévorent des sandwiches. Il observe le mouvement des mâchoires, les dents qui broient la mie de pain, les bouches où s'enfoncent des pâté-cornichons, les lèvres qui engloutissent des morceaux de hamburger au fromage fondu. Les lycéens parlent watts, enceintes, platines, synthétiseurs. À l'autre bout du wagon, un chanteur sans voix gémit une chanson à texte, en s'accompagnant à la guitare : « On a tous quelque chose de Tennessee, quelque chose qui nous pousse vers l'infini… » Il n'y croit pas et accélère le tempo en voyant approcher la correspondance.

Sortant du métro, Nicolas s'engage dans une ruelle et grimpe les trois étages d'un immeuble parisien. Il ouvre la porte d'*Anti-Pouvoirs*, salue le stagiaire qui corrige des colonnes de chiffres sur l'ordinateur. La secrétaire se jette sur lui. Beaucoup d'appels pendant son absence ; des articles en retard : « Mort de la culture », « Retour de l'engagement »... *Anti-Pouvoirs* est sur tous les fronts. Nicolas se souvient des mots du ministre : il est « agitateur d'idées », à mi-temps (vingt mille francs par mois).

À seize heures, une femme vient lui présenter son projet d'article sur le retour des idéologies. Nicolas la fait asseoir, écoute poliment, pense à autre chose. Il conclut que la prochaine livraison de la revue est bouclée, mais que pour le numéro spécial *Nouvelles tendances*, il tâchera d'envisager une collaboration.

— Le directeur de cabinet au téléphone, hurle la secrétaire.

— Je prends, dit Nicolas en se précipitant sur le combiné.

— Pourrais-tu, Nicolas, nous concocter un petit texte pour le colloque *La liberté de l'esprit*? Quelque chose de très violent, de subversif... On déjeune ?

Nicolas pense : deux mille francs. Il récapitule ses rendez-vous de la semaine. Mardi : séminaire sur le mécénat culturel ; mercredi : déjeuner, puis réunion du conseil d'administration (cravate) ; jeudi : déjeuner *et* dîner.

Certains après-midi, avant de rentrer chez lui, le journaliste va saluer son amie Cléopâtre, fleuriste au pied de la butte Montmartre. Il longe les étalages d'un petit marché, bottes de roses, pots de géranium, autour desquels gronde et fume un incessant flot de véhicules. Sur l'un des stands est peinte, en lettres colorées, l'enseigne : « Chez Cléopâtre ».

Native d'Angleterre, elle exhibe une opulente poitrine, qui étire le tissu de sa chemise. Son corps s'effiloche dans une taille assez fine, sous laquelle resurgit un arrière-train généreux. Blonde, la quarantaine, elle prend un air tendre pour appeler Nicolas « mon petit oiseau » et l'embrasse à la commissure des lèvres. Ils s'assoient sur un banc devant la boutique. Nicolas paraît frêle à côté de la colossale jardinière qui s'appuie contre lui, coiffée d'un chapeau de paille. Ils se connaissent depuis dix ans, jurent en plaisantant qu'ils se marieront un jour. Ils papotent, écoutent le poste de radio, joujou américain des années cinquante, sur lequel passe un vieux James Brown. La musique est interrompue par les vibrations saccadées d'un marteau piqueur. À quelques mètres de là, des employés municipaux détruisent un trottoir neuf, pour planter des panneaux d'information.

Cléopâtre se lève, saisit son arrosoir et se rend à pas légers vers le point d'eau. D'un geste auguste, elle fait arrêter les voitures pour traverser la chaussée. Un short moule son vaste postérieur, mais elle sait lui imprimer des déhanchements féminins. Nicolas sourit. Il contemple ce corps, comme le royaume auquel il n'aurait jamais dû renoncer.

À l'heure de la fermeture, il quitte Cléopâtre et se dirige vers l'épicerie pour acheter de quoi manger. Au feu rouge, il récapitule les recettes et les dépenses, décide qu'il ne doit se priver de rien. Il pousse la porte du magasin, salue la vieille Vietnamienne. Il cherche quelques fruits, légumes, bières, fromages et les pose près de la caisse ; une bouteille de beaujolais, des sacs-poubelle, du riz cantonais… Tandis que l'épicière additionne, Nicolas regarde la télévision, suspendue au-dessus des boîtes de conserve. Il participe aux jeux, essaie de gagner un lot. Il écoute un flash d'information, une publicité, un feuilleton comique.

De retour chez lui, Nicolas pose les sacs dans la cuisine puis écoute les messages sur le répondeur. Il se sert un whisky, passe des coups de téléphone. Après avoir dîné, il choisit un disque de rhythm and blues, et récapitule sur un carnet ses notes du jour : rue Royale, une femme courait, les jambes légèrement écartées, à la façon d'une poule ; rue d'Alésia, en longeant un Monoprix, Nicolas a reconnu les effluves des supermarchés de son enfance : cette odeur piquante de camelote, ce mélange d'infection et de désinfectant ; il a éprouvé de la nostalgie.

Tandis que la nuit tombe, il écrit sur une feuille de papier l'une des rêveries qui lui font songer qu'il est un homme libre et l'aident à s'endormir heureux.

III

Nicolas n'a d'yeux, généralement, que pour les passants mâles, jeunes et beaux. Depuis longtemps il montre une certaine paresse dans la conquête du sexe opposé, mais déchiffre inlassablement les images de virilité naissante. Il accomplit dans la ville des itinéraires où la femme n'apparaît guère. Elle n'en est pas exclue délibérément, mais demeure le plus souvent transparente à ses yeux. Difficile, en rentrant chez lui, de se remémorer une seule de ces créatures à seins qui relèvent probablement d'un système parallèle (à l'exception de Cléopâtre et de l'épicière), alors qu'il peut répertorier les douzaines d'éphèbes bruns et de blonds bouclés qu'il a aperçus, suivis, perdus.

Dès qu'il croise dans la rue un jouvenceau portant cartable, une bande d'adolescents souriants et bien faits, il éprouve ce besoin de se gaver de leurs visages, de contempler leurs démarches. Il succombe au moindre cliché de beauté précoce : visages juvéniles sur corps déjà grands, pas encore encombrés de graisse ; lignes minces, vêtements flottants, cheveux défaits.

Une certaine complication veut toutefois que cette curiosité, développée par Nicolas au fil des ans, s'applique exclusivement aux jeunes mâles *normaux*. Il se désintéresse de la femme, mais ne s'intéresse guère au *gay*. Son goût concerne principalement les apprentis coureurs de filles, futurs pères de famille et, plus communément, des garçons dépourvus des signes extérieurs qu'il associe à l'homosexualité.

Lorsqu'il parvient à nouer conversation avec ce genre d'individu, une certaine incompréhension porte évidemment ses tentatives à l'échec. Ses choix semblent incompatibles avec la séduction amoureuse. L'adolescent, convoité par Nicolas pour son charme conventionnel, lui raconte pendant des heures ses pensées d'adolescent. Il l'entretient de ses sujets quotidiens : le dernier match de foot, le prochain concert de jazz-rock, les filles… Nicolas écoute, patient, contemplant les yeux bleus et les joues roses. L'autre le trouve sympathique, mais n'imagine pas qu'il agisse *pour ça*. Il ne comprend pas ou feint de ne pas comprendre ses motifs secrets.

Quant aux proies trop faciles, ce sont presque toujours, en fin de compte, des invertis en herbe. L'illusion s'effondre rapidement à tel détail dans la façon de s'habiller, de regarder, de parler. Nicolas identifie la texture de leurs gestes et de leurs paroles ;

il voit trop de femme dans l'homosexuel. L'idée de forniquer avec cette plante bizarre lui semble déplacée, quoique la nécessité l'y conduise de temps en temps.

Il est passé, pour voir, dans les endroits réservés où se retrouvent les gays en mal d'amour. Sur les graviers du jardin des Tuileries, il a observé les dragueurs qui se suivent, se flairent à distance, à la recherche d'une sauvagerie moderne. Nicolas s'est senti mal à l'aise parmi ces hommes s'épiant entre eux, tous revêtus des mêmes jeans moulants, harnachés des mêmes sacs à dos. Sur les berges de la Seine, d'autres homosexuels assis sous les arbres s'alignaient en longues rangées, prenant le soleil. Quelques-uns lisaient, quelques-uns causaient. Nicolas passait devant eux, intimidé par cette succession de regards insistants, moqueurs, évanescents. Il tentait de contrôler sa démarche, trébuchait. À tous les âges de la vie, il a éprouvé les mêmes répulsions : l'horreur des groupes, la terreur des familles.

L'autre soir, Nicolas rentrait chez lui. Un jeune métis assis sur un banc se leva pour lui demander du feu. Nicolas chercha son briquet. Le garçon alluma une cigarette de hasch, aspira plusieurs bouffées, puis tendit le joint. Il parlait avec une élocution lente, un accent de banlieue :

— T'as l'air sympa... J'ai vu ça, quand tu es passé... Je sais lire dans les regards... Je m'appelle Jeff.

Grand, mince, il avait la peau mate et les yeux clairs. Troublé par le joli minois, Nicolas s'efforça de faire durer la conversation. Jeff demanda :

— Qu'est-ce que tu fais dans la vie ?

— Journaliste.

— Journaliste ! C'est un bon métier ! Tu passes à la télé ? Ça rapporte ?

— Ça va.

Ils bavardèrent un moment. Jeff roulait des épaules, un brin macho, un peu idiot. Il vivait dans une cité, à dix kilomètres de la porte de la Chapelle. Il s'imaginait de vastes perspectives, rêvait de voyages, aimait les beaux habits (« les vêtements de marque », répéta-t-il plusieurs fois), travaillait médiocrement au centre d'apprentissage. Son père menaçait de le mettre à la porte. Soudain, il demanda :

— T'es homosexuel ?

— Un peu, répondit Nicolas. Et toi ?

Jeff rigola, avec un signe de dénégation. Il ajouta :

— T'as pas l'air homo !

Nicolas lui proposa de venir boire un verre à la maison.

Un quart d'heure plus tard, à moitié nu sur le canapé du salon, Jeff montrait les photos consignées dans son portefeuille : ses parents, sa petite sœur... Il errait depuis le matin dans Paris ; sa peau sentait l'ambre; parfaitement détendu, il parlait doucement et regardait Nicolas dans les yeux. Empoignant d'une main le sexe du journaliste, il le manipulait en répétant :

— Tu sais, je suis pas homo ! Toi non plus, t'es pas homo ?

— Non, non, je suis pas homo.

Rassuré, Jeff branlait de plus belle. Il parlait de ses projets :

— Je voudrais une grosse voiture, une Porsche ou quelque chose comme ça. Des chaussures anglaises. Des chemises Saint-Laurent. Tu connais Saint-Laurent ? C'est une bonne marque !

Nicolas écoutait le son de sa voix.

Lorsqu'ils eurent terminé, Jeff demeura les yeux écarquillés, la bouche grande ouverte, et s'exclama :

— Putain, t'as vu ça ? C'était bon, hein !

— Ouais, c'était très bon...

Il semblait content de lui, comme s'il parlait d'une action vertueuse. Il répéta fraternellement :

— C'était bon, hein ?

Il demanda à Nicolas un morceau de musique, chercha de quoi manger, finit par s'endormir. Le lendemain, avant de partir, il nota le numéro de téléphone, promit de rappeler; puis il descendit l'escalier, en songeant à l'avantage de n'être pas homosexuel.

IV

Nicolas et Cléopâtre déambulaient nerveusement dans les embouteillages. Autour d'eux, des milliers de conducteurs, à la recherche d'une place de stationnement, écoutaient les conseils de radioguidage diffusés par les autorités. Dans la fumée des pots d'échappement, quelques déflagrations rythmées de klaxons signalaient un déferlement de joie sur la ville.

C'était un soir de printemps, un soir de fête de la musique. La date fixée par le ministère était martelée par les téléviseurs depuis plusieurs jours. Jusqu'au petit matin se dérouleraient partout des divertissements spontanés ; spectacles de plein air, musique aux carrefours, dans les rues, les boulevards et sur les places de banlieue. Cette nuit, une foule de jeunes et de moins jeunes allait envahir Paris. Les médias avaient lancé le thème : *Musique pour la liberté.* Le ministre de la Culture avait ajouté, dans un sourire confiant : « La musique, c'est la vie.» Un groupe de jeunes chanteurs de toutes les races venait d'enregistrer une chanson intitulée *Music is love*, diffusée depuis deux semaines par les radios.

Cléopâtre, comme Nicolas, goûtait modérément les passions collectives. Pour éviter la foule, elle avait fermé sa boutique à cinq heures de l'après-midi, avant de rentrer promptement chez elle. À six heures, un groupe de musiciens s'était établi dans le square, juste sous sa fenêtre. Débarquant avec une camionnette, ils avaient installé des haut-parleurs, puis commencé à hurler de vieux tubes rock qui attiraient les passants. Épouvantée, la fleuriste avait appelé son ami au secours, afin qu'il l'emmène dîner dans un coin tranquille.

Nicolas était arrivé trop tard. Cléopâtre, lorsqu'elle ouvrit la porte, avait les yeux injectés de vin rosé. Elle l'embrassa mollement avant de s'affaler, résignée, devant la bouteille de côtes-de-provence. Un tintamarre d'apocalypse montait de la rue. Les rockers jouaient faux ; les amplificateurs simplifiaient ; l'appartement, au premier étage, était secoué par ce grondement pulsé. Tandis que Nicolas buvait un verre, Cléopâtre, dans une bouffée de fureur, téléphona au commissariat, enjoignant la police d'arrêter ce vacarme. « C'est la fête de la musique », répondit le préposé, étonné.

Nicolas se pencha à la fenêtre. Au milieu du square, dans la lumière crue du jour, le chanteur et le guitariste sautillaient sur place à la façon des rock stars. S'essayant à une imitation de *Jumpin' Jack Flash*, ils s'imposaient par le volume sonore, mais s'avéraient experts à dépouiller le thème de toute substance musicale. Le public lançait des cris d'encouragement. Des parents tenaient leurs enfants par la main ; quelques-uns tapaient du pied. Un autre groupe de rock installé à quelques mètres de là jouait simultanément des tubes psychédéliques des années soixante. Les sons des deux formations se mêlaient.

Entre les réminiscences de Pink Floyd et de Rolling Stones, un vendeur de merguez poussait son chariot fumant. Une bande de handicapés surgit au coin d'une rue voisine. Grisés par la musique, sur leurs chaises à moteur, ils entonnèrent le refrain en battant des mains. Un moustachu unijambiste, dont la jambe de pantalon vide pendait sur le marchepied, leva son visage vers la fenêtre du premier étage et cria à Nicolas :

— C'est la fête !

Le journaliste tenta de fermer les volets. En vain, les sons mélangés s'insinuaient dans le moindre recoin de l'appartement. Il suggéra à Cléopâtre, qui achevait son huitième verre de rosé, de partir sans attendre, de poursuivre cette nuit ailleurs et de revenir plus tard, quand la joie commencerait enfin à décliner.

Cléopâtre portait une robe en daim à longues franges, de laquelle débordaient sa poitrine et sa gorge immense. Suivant son camarade à la recherche d'un quartier calme, elle conservait malgré l'ébriété ce port féminin arrogant qui fascinait Nicolas. L'air d'un jeune amoureux, il l'enlaça.

À chaque carrefour, ils butaient contre un groupe de rock, une chanteuse des rues, un quatuor à cordes, un concert de jazz. Sur une place voisine, au milieu d'un cercle de spectateurs, une jeune saltimbanque, vêtue d'un collant noir, improvisait une danse. Son corps déclinait un discours poétique où il était question du jaillissement de la vie (un saut vers le ciel, les bras tendus) et de retombée symbolique dans la mort (accroupie sur le sol, prostrée). Puis elle renaissait lentement à la vie par diverses contorsions, qui finissaient dans un nouveau saut victorieux vers le ciel.

En bas de la rue Saint-Denis, Cléopâtre insista pour s'arrêter au Bar des Amis. Ils entrèrent dans une salle vieillotte, s'approchèrent du zinc, saluèrent le serveur et deux prostituées. Un Arabe, au fond du bistrot, suivait un match de foot à la télé. L'établissement paraissait tranquille, préservé de la fête. Accoudée au bar entre une gagneuse à cheveux gris (Linda la fouetteuse) et une employée du peep-show voisin, Cléopâtre commanda à boire. Tandis qu'elle parlait fortement, dans son argot franco-anglais, le serveur distribuait des verres de vin blanc en se lamentant sur Paris qu'il n'aimait plus, ce quartier en perdition, cette rue, cette zone. Cléopâtre but quatre tournées. Nicolas, plus lent, emporta son verre et s'assit dehors sur la terrasse.

Des arbres avaient été récemment plantés dans la rue, au-dessus du nouveau parking. Des voitures stationnaient sur la chaussée et sur les trottoirs. Plus loin, au carrefour, s'étendait le chantier d'un autre parking. Malgré la fête et l'heure avancée, des ouvriers casqués entraient et sortaient de terre entre d'énormes bétonneuses. En face du Bar des Amis, un rideau de fer protégeait la vitrine d'un magasin de signaux d'alarme, dont le signal d'alarme déréglé se déclenchait toutes les cinq minutes emplissant la rue de son cri farceur. Dans le soir tombant pourtant, le vert frais des feuillages, les nouveaux lampadaires « style 1900 », plantés sous les façades d'immeubles haussmanniens, produisaient un curieux effet que Nicolas, après réflexion, décida de qualifier de « parisien ».

Ayant bu une dernière tournée, ils se remirent en chemin vers le nord. Cléopâtre, ivre, exhibait ses quatre-vingts kilos et attirait les regards des passants, de plus en plus nombreux. Ils longèrent des vitrines de surplus américains, sex-shops, fast-foods. Au pied d'un distributeur de billets de banque bivouaquait une bande de clochards livides, imbibés, crackés. Coiffés de crêtes colorées, ils caressaient leurs chiens-loups. Une jeune fille édentée tendait la main. Nicolas chercha une pièce.

La foule grouillait dans les anciennes Halles. Des milliers de citoyens jaillissaient du métro par les escalators dans le centre de Paris rénové. Avançant dans la fête, Nicolas et Cléopâtre se sentirent soudain happés, avalés par l'immense flux joyeux qui les entraîna d'une attraction à l'autre. Autour du Forum, les corps criaient, riaient, se bousculaient, s'écrasaient au gré de courants incontrôlables. Partout, les amplificateurs mélangeaient mille musiques. Ne sachant plus si elle devait pleurer ou rire, Cléopâtre finit par s'immobiliser devant un spectacle d'accordéon. Au milieu des spectateurs, un orchestre, portant foulards et casquettes, imitait des airs de bal musette. Face à eux, une bande de Japonais, coiffés de chapeaux tyroliens, scandait en mesure :

— A-CCOR-DÉON PA-RIS ! A-CCOR-DÉON PA-RIS !

Devant le commissariat, une brigade de policiers écoutait un poète déclamer des vers de Rimbaud. De l'autre côté de la fontaine des Innocents se regroupaient les pauvres : Africains, Arabes, Blancs désœuvrés. L'an dernier, l'ambiance avait dégénéré en fin de fête : à quatre heures du matin, une bande de banlieusards énervés avait cassé les vitrines du quartier, avant d'affronter un fourgon de gardiens de la paix. Bataille rangée. Deux morts pour la musique.

Nicolas et Cléopâtre poursuivaient leur chemin, de plus en plus difficilement. Décidés à gagner le restaurant d'un ami, situé de l'autre côté des Halles, ils longèrent des façades d'immeubles en plexiglas, précocement dégradées. Cléopâtre bousculait les passants et entraînait Nicolas de son bras fort. Ayant franchi d'autres murailles de chair, ils atteignirent un boulevard désert. Mais, quelques minutes plus tard, arrivait à leur rencontre un groupe d'hommes et de femmes agitant des banderoles.

Curieusement, ce cortège était absolument silencieux. Nicolas et Cléopâtre, tendant l'oreille, ne discernèrent que des cris étouffés, un râle sourd. Le défilé mutique avançait face à eux sur la chaussée comme un convoi mortuaire. Plus bizarre encore, cette foule d'individus de tous âges s'agitait joyeusement, dansait et riait comme les autres dans ce silence de plus en plus étrange, poignant, irréel… Comme ils approchaient, Nicolas déchiffra le slogan, peint en lettres rouges et noires sur les banderoles : « Fêtez la musique avec les sourds-muets. »

Un quart d'heure plus tard, ils s'attablaient enfin à la terrasse des Vieux Diables, dans une ruelle tranquille.

Au carrefour voisin s'étaient regroupés une cinquantaine de motards, dont les moteurs pétaradaient. Nicolas, démoralisé, grognait au-dessus de son assiette. Cléopâtre, épuisée par l'alcool, piquait du nez dans son steak tartare, puis se ranimait et saisissait de ses doigts une poignée de frites pleines de tomato-ketchup. Elle balbutiait des mots incohérents, affirmait que ce quartier était un « quartier de pédés », accusait Nicolas de l'avoir emmenée ici parce qu'il était lui-même un pédé. Son ami l'implorait de mieux se tenir.

Un motard s'approcha des tables du restaurant pour distribuer un tract de protestation contre « la censure anti-deux-roues ! ».

Tandis que Cléopâtre tendait son verre vide, Nicolas écoutait à la table voisine les bribes de conversation d'un couple de vieillards :

— Mon père était de 88... il est mort à Verdun.

De temps à autre surgissait le patron de l'établissement, qui évoquait avec la fleuriste et le journaliste d'autres souvenirs. Ils s'étaient connus dans ce quartier des Halles, en pleine reconstruction, à l'aube des années 1980.

V

Débarquant à dix-huit ans dans la capitale, jeune banlieusard passionné d'art et de littérature, Nicolas rêvait de relancer la glorieuse histoire des avant-gardes. À l'affût des mouvements de la cité, des cafés artistiques et des libres penseurs, il délaissa rapidement ses études de lettres pour plonger dans les marges de la vie moderne.

Quelques années plus tôt, les pavillons des Halles, au centre de Paris, avaient été détruits par décision administrative. Le grouillement des marchands de viandes, poissons, fruits et légumes, tout ce monde nocturne de trafic et de gouaille fut transféré par les urbanistes du cœur confus de la ville vers les espaces ordonnés de banlieue. *Les Halles* de Paris désignaient désormais un complexe commercial souterrain, coiffé d'un jardin public.

Nicolas accomplit ses débuts de noctambule entre les ruines et le chantier de ce nouveau quartier. Guidé par un magazine de mode, il était entré, un soir, dans une cave voûtée du Moyen Âge où Cléopâtre, arrivée d'Angleterre, régnait derrière le bar sur une clientèle bigarrée à la dernière mode : looks futuristes, vêtements de matière plastique, lunettes fluorescentes. En fin de nuit, debout sur le zinc, elle se déhanchait sur des rengaines de musique noire américaine. Remarquant Nicolas, seul sur un tabouret, elle aima son air égaré, ses yeux noirs ; elle lui offrit un verre, puis abandonna la foule des branchés, rockers et stylistes, pour l'entraîner vers d'autres nuits.

Sous le parrainage de Cléopâtre, égérie des boîtes à la mode, Nicolas acquit le droit d'entrer dans certains lieux réservés, de franchir la porte des night-clubs, de saluer les videurs d'un regard initié. Dans les anciens bordels où l'on dansait la salsa, dans les fêtes *new-wave* près de la piscine des Bains-Douches, il oubliait son éducation sévère. Aspiré par le romantisme du vide, fier de croiser Andy Warhol au Palace, il n'avait qu'un but : trôner, avec une dérision d'avance, dans le carré décadent de la société moderne. Le fait d'être encore exclu de certaines soirées branchées devint une pénible humiliation. Il allait en boîte comme on va à la messe, ivre d'appartenir à cette secte futile : celle qui joue pendant que les autres dorment.

Couché le matin, levé le soir, des bars du crépuscule aux restaurants de l'aube, il traversa deux hivers sans voir le jour, vécut de petits trafics, fréquenta les nuits chics et les mauvais endroits, les restaurants de voyous, les boîtes de jazz et les boîtes de folles. Il aspira des monticules de cocaïne, but des mers de champagne et de whisky, fuma des champs d'herbe et de tabac… Son corps jeune résistait, convaincu d'atteindre une poésie futuriste. Nicolas aimait la mélancolie sur fond de musique funky. Dans l'ancien ventre de Paris, transformé en supermarché des Halles, il s'inventait un art de vivre à distance, où toute valeur était périmée, toute vérité fausse. À vingt ans, infatigable, il traversa dans la débauche un moment de grâce.

Au cours des années suivantes, tandis que Nicolas se mettait au travail, pour gravir les premiers échelons de la carrière journalistique, il cessa peu à peu de fréquenter les boîtes de nuit. Pour justifier un style de vie plus laborieux, il décida que le noctambulisme avait sombré tout entier, cultiva le sentiment d'avoir vécu un moment exceptionnel, d'avoir découvert la nuit parisienne *au temps où elle en valait encore la peine*. Il se considérait comme le témoin de la fin d'un monde, des fêtes décadentes du Palace et des Bains-Douches. L'ultime Paris qu'il avait eu la chance de connaître, à la « grande époque », lui semblait plus beau que le Paris présent.

Il oublia le show-biz pour les dîners mondains,

devint un jeune homme en vue. Cléopâtre, son initiatrice, se retira elle aussi de la nuit pour ouvrir un magasin de fleurs. Ils dînaient ensemble une ou deux fois par mois. Parfois, l'envie reprenait Nicolas d'une escapade dans une boîte à la mode ; se tenir au courant, voir ce qui avait changé. Mais il était inquiet à l'idée de ne plus pouvoir entrer. La physionomiste, chargée de trier les clients à la porte, n'était probablement pas celle qu'il avait connue, cinq ans plus tôt, *à la grande époque*. Avancer l'air dégagé, sourire à cette femme qui l'interrogerait sèchement :

— Vous désirez ?

Demander la permission d'entrer. S'entendre répondre avec mépris :

— Désolé, c'est une *soirée privée*.

S'exclamer :

— Mais j'écris dans les journaux. Je m'appelle Nicolas. J'étais un ami de Fabrice. J'ai de l'argent, je peux payer…

Sourire blasé de la gardienne qui répéterait :

— Ne restez pas devant le portail, vous gênez le passage.

Grognement des videurs. Ne pas insister.

Un couple d'habitués, très négligé et très à l'aise, embrasserait la cerbère et pénétrerait dans le temple de la nuit. Sur le trottoir, une vieille baba cool prendrait Nicolas à témoin pour affirmer :

— C'est lamentable, cette sélection.

Et cette meute prolétaire autour de lui, tous ces malheureux rejetés comme lui, patientant dans l'espoir que la boîte finisse par s'ouvrir, tenteraient de l'attirer dans leur misère. Et Nicolas n'oserait leur dire qu'il ne trouve pas lamentable d'être traité ainsi, ayant le sentiment d'appartenir à la viande d'élite et d'être l'objet d'une affreuse confusion.

Socialement, il était devenu *quelqu'un.* Mais à l'entrée des boîtes branchées, où se jugent froidement certaines qualités modernes, il était retourné dans l'anonymat. Sa *réussite*, son *mérite* de cadre de la culture n'étaient pas inscrits sur son visage.

VI

Après quelques efforts infructueux dans les bras des femmes, Nicolas arpentait toujours la ville à la recherche de l'amour. De fausse piste en fausse piste, furtif, insoupçonnable, il se mêlait discrètement au flot des touristes, suivait les pas d'un groupe de lycéens en voyage scolaire. Certains soirs, hagard, il traînait dans les gares et les correspondances du métro. L'après-midi, portant tee-shirt et blouson, il fréquentait les disquaires et les salles de jeu. Les poches remplies d'argent et de cigarettes, il errait encore la nuit dans les bars et sur les places publiques, avec des résultats incertains.

Dans des moments de grande impatience érotique, il recourut aux ressources de la machine. Après trop d'heures perdues sur les trottoirs, la rencontre téléphonique ou télématique aurait le mérite de la clarté, en évitant les approches épuisantes, les frustrations lentes.

Suivant l'incitation publicitaire d'un magazine

spécialisé, Nicolas décrochait l'appareil et composait le numéro de *La ligne des mecs*, l'un des réseaux de convivialité téléphonique, où l'on enregistre des messages sexuels, en vue de fornications rapides. Sur un répondeur automatique se succédaient les petites annonces, articulées par des citoyens impatients :

Jeune mec branché fessées cherche mec passif buveur de pisse...

Nicolas grimaçait.

Salope 25 ans sur Argenteuil reçoit la bite d'un Black, d'un Beur ou d'un baraqué pour lui vider les couilles...

Chaque client s'efforçait d'imprimer à sa voix le ton juste de sa sexualité. Comme au théâtre, mais plus sérieusement, les inflexions s'accordaient aux fantasmes.

Voix autoritaire : *40 ans, cuir, adepte du ligotage, cherche motard soumis...*

Voix charitable : *Mec cool aimerait faire câlins et caresses à un garçon amputé...*

Ils étaient des centaines à tenter leur chance chaque jour, *sur* Argenteuil ou *sur* Paris. Parfois, une voix plus sinistre que les autres réclamait de la tendresse. Quelques-uns cherchaient sur la ligne le grand amour. Nicolas, lui, traquait l'être frais et charmant dont l'appel aurait échoué là *par hasard.*

Un soir, il releva un message qui lui parut engageant. La voix d'un jeune homme timide disait en substance : « Bisexuel 18 ans, très mignon. À louer. »

« À louer » indiquait qu'il s'agissait d'amour payant. Nicolas y voyait un avantage : selon lui, une loi du marché, un droit du consommateur sélectionnaient, pour la prostitution, des personnes exceptionnellement bien faites. Il se frotta les mains et rappela au numéro indiqué. Le *bisexuel-de-18-ans* s'appelait François. Le journaliste entreprit un petit interrogatoire formel :

— Tu es vraiment mignon ?

— C'est ce qu'on dit : un mètre soixante-dix-huit *pour* soixante-huit kilos.

La voix insista sur ce rapport entre la taille et le poids. À les croire, les adeptes du réseau étaient tous parfaits ; ils alignaient des chiffres, des mensurations, des couleurs. Mais Nicolas se méfiait : un Apollon théorique peut se révéler concrètement repoussant, malgré toutes les précautions oratoires. Le poids du corps ou la teinte des yeux n'ont de valeur qu'au sein d'une combinaison plus complexe. François poursuivit :

— Yeux verts. Corps imberbe…

— Tu as vraiment dix-huit ans ?

— Bien sûr !

— Tu te loues par besoin ?

— Ouais, une fois de temps en temps. Mais je préfère les filles.

Excellent, songea Nicolas.

— Tu prends des précautions ?

— Pas de problème. Capote à tous les étages ! D'ailleurs, je ne fréquente que des séronégatifs.

François rit de bon cœur. Il semblait tellement sûr de lui, tellement convaincu d'être une affaire en or, un bibelot superexcitant, que Nicolas passa sans attendre à la dernière question :

— Combien ?

— Trois cents francs.

— Je te donne mon adresse.

— Quel look te ferait plaisir ? Slip ? Caleçon ? Minet ? Loubard ? Uniforme ?

Cette liste de parures sentait trop le professionnel. Nicolas opta néanmoins pour le genre *slip-minet* avant de raccrocher.

Il se rendit dans la salle de bains où il s'aspergea de parfum. Il ne conserva qu'un pantalon et une chemise, afin d'écourter les préliminaires. Il arrangea le lit, l'éclairage. Puis il se posta sur le balcon afin de guetter, dans le grouillement du trottoir, tout junior de dix-huit ans correspondant aux mensurations de François. Lequel allait s'engouffrer dans l'immeuble et bondir vers lui ? Pour trois cents francs, Nicolas allait mener entièrement, souverainement, l'opération.

L'heure tournait. De plus en plus nerveux, il alla jeter un œil sur le palier, retourna sur le balcon, scruta, chercha parmi les collégiens allemands, anglais, danois, italiens, américains, espagnols qui arpentaient le quartier toute la journée, au pied de la butte Montmartre.

Soudain, un taxi freina devant l'immeuble. Le cœur de Nicolas battit plus fort. La portière s'ouvrit et il vit sortir du véhicule — ayant la quasi-certitude qu'il s'agissait de François — une grande folle vieillissante à longs cheveux châtains clairsemés, vêtue d'un jean moulant et de bottes fines, les épaules couvertes d'une moumoute… Ce travesti qui fendait la foule en ondulant était-il le *bisexuel-de-18-ans-très-mignon* qui avait parlé d'une voix charmante ? Anéanti, Nicolas alla s'appuyer contre la porte de l'appartement. Il entendit un bruit de pas dans l'escalier puis, après une légère hésitation, un coup de sonnette. Il ouvrit.

Le personnage, vu de face, était effrayant. On n'imaginait pas qu'avec son sourire figé de vieille femme, François puisse passer pour un « garçon de dix-huit ans ». Trente-cinq ? Quarante ? L'usure précoce de son corps, sa peau desséchée le faisaient ressembler à un grand lézard fripé. Rasé de près, légèrement maquillé pour paraître tout à fait « imberbe », François entretenait une apparence d'éphèbe. Mais sa moumoute, serrée autour d'un buste osseux, évoquait plutôt l'accoutrement de fin de soirée d'une mauvaise danseuse de cabaret.

— Sâââlut, s'exclama-t-il en se dandinant.

Détaché du reste, le timbre faisait illusion. Reliée

à ce corps affreux, la voix juvénile devenait un trait sénile.

Ne sachant comment s'y prendre, Nicolas entraîna le gigolo dans sa chambre et le fit asseoir sur un fauteuil. François ne semblait pas percevoir l'effroi de son client. Il se montrait à l'aise, détendu, faussement adolescent. Chaque sourire faisait ressortir sur son visage les rides d'une vieille Américaine liftée. Nicolas posa quelques questions. François s'appelait à présent Pascal. Il avait vingt et un ans et se disait artiste. Il avait monté, l'an dernier, un « spectacle » qui l'avait ruiné (il évoqua à demi-mot un rock-strip-tease dans une boîte de Pigalle). Il remboursait ses dettes en se louant au téléphone. François/Pascal demanda à Nicolas si son *look* lui plaisait. Le journaliste acquiesça d'un geste. L'autre se dit très excité d'avoir enfilé un slip moulant.

— Je me déshabille ?

Nicolas n'osa se montrer désobligeant.

Le professionnel se dénuda devant lui, ne conservant que sa petite culotte bleue, contenant un sexe allongé entre deux jambes maigres et blanches. Assez fier de lui, il simula quelques contorsions érotiques pour faire glisser son sous-vêtement et le membre apparut. Flétri par l'usage, il bandotait. Assis sur son lit, Nicolas avait peur qu'au premier contact ses mains ne s'imprègnent de microbes ; mais il redoutait d'humilier cet individu en le renvoyant chez lui.

— On pourrait boire un verre, lança-t-il dans un effort.

Le gigolo sembla s'offusquer et demanda d'une voix pincée :

— Je ne te plais pas ?

— Si, si, tu me plais, mais… je préfère arrêter là.

Malgré ses protestations, Pascal avait l'habitude : il se rhabilla rapidement, expliquant que le tarif dans ce cas était seulement de deux cents francs. Il ajouta, l'air désolé :

— Tu es si mignon ! J'aurais bien baisé avec toi.

Muni d'une pochette en plastique, il alla se repoudrer dans la salle de bains. Enfin, comprenant que son hôte ne souhaitait pas s'éterniser, il enfila sa moumoute, prit les billets sur le pas de la porte et joua sa dernière tirade d'artiste :

— Tu m'excites ! Rappelle-moi quand tu veux.

Puis il dévala l'escalier.

VII

Seul dans son appartement, Nicolas déprime. Il feuillette un livre de peinture sur Paris, l'hiver. La Seine était encombrée de glaçons ; des chevaux trottaient sur les quais enneigés où brûlaient des feux de bois ; il faisait froid… Nicolas rêve d'un hiver d'autrefois. Il a allumé le chauffage électrique. Dans de brèves crises d'angoisse, il redoute la routine et le renoncement. L'idée de consacrer toute sa vie à de méthodiques occupations divisées en journalisme, voyages, lectures, séduction, dépression, action, lui fait horreur : évaluer les mouvements du monde, les épingler dans les colonnes des revues, semer un peu de désordre dans la culture, sourire quand il faut, payer ses impôts, de temps en temps s'efforcer de faire l'amour, dormir.

Les saisons s'écoulent, de plus en plus rapides, de plus en plus semblables. Après une décennie d'efforts consacrés à son ascension sociale, Nicolas songe qu'il vient d'être *jeune.* Demain, il sera un *vieux garçon.* Il se rappelle ses débuts dans le monde; le rêve de cette ville, de ses odeurs, de ses couleurs. Il veut ranimer la flamme, casser ses habitudes, perturber ses horaires, retourner dans les boîtes branchées.

Dans la nuit parisienne, les homos sont à la mode. Entraînée par le mouvement des mœurs, la jeunesse s'affiche sexuellement dégagée. Les frontières s'effacent, le trouble est de rigueur. Après des années de réticence, la fréquentation des clubs gays apparaît à Nicolas comme envisageable, pour meubler ses soirées de célibataire.

De ses aventures noctambules, il conserve un goût inaltéré pour la musique de danse. Toujours à l'affût des potions afro-américaines qui résument, selon lui, l'excellence de cette époque, il suit à la radio les mouvements du funk, les hoquets pulsés du rap, les transes répétitives de la *house music.* Depuis quelques saisons, les *raves parties* rassemblent des foules immenses dans les faubourgs de Londres, Paris, New York, Berlin. Sur des terrains vagues, des milliers de branchés, gavés de drogues de synthèse, dansent toute la nuit parmi les ruines industrielles, au battement inlassable de la *techno.* Un ami de Nicolas, spécialiste des mouvements « parallèles », lui a parlé longuement de ce nouveau phénomène musical, liturgique, extatique et même « révolutionnaire ».

En guerre contre le vieillissement, soumis à des

besoins passagers d'excitation, Nicolas s'est fait prescrire une boîte d'amphétamines. Il veut retourner dans les fêtes branchées, où il espère retrouver le rêve de Paris et le rêve d'amour.

DEUXIÈME PARTIE

Le marché des anges

I

Le night-club à la mode, cet été-là, se nommait le *Boy*. Nicolas s'y rendit en compagnie de James, au début du mois de juillet.

Un taxi les déposa devant l'entrée. Noctambule notoire, en compagnie duquel Nicolas appréciait d'être partout reçu avec respect, James discuta un moment avec le patron, tandis que le journaliste descendait les marches vers les bas-fonds bruyants. Il avait revêtu un tee-shirt qui flottait autour de sa taille et le confortait dans une illusion d'adolescence. Au pied de l'escalier, le vestiaire était tenu par deux garçons de vingt ans, cheveux rasés, torses fluets dans leurs tricots de peau à grosses mailles. Au-delà du poste frontière, une rangée de portes à battants s'ouvrait sur la crypte encore déserte.

Minuit était passé. Dans l'immense caveau sombre traînaient les premiers clients. Un rythme de rap faisait claquer ses coups de fouet dans l'espace vide. Deux hommes torses nus, en pantalons de cuir, dansaient sur la piste. Des tuyaux projetaient depuis le plafond, à intervalles réguliers, des jets de fumigènes. Les corps disparaissaient puis émergeaient du brouillard artificiel. James rejoignit Nicolas au bar. La puissance de la sono interdisant toute conversation, ils s'accoudèrent sur le zinc pour observer les arrivants. Première vodka.

Soixante ans, grand et mince, le cheveu toujours brillant, James était né yankee et rentier. D'avion en taxi, de palace en boîte louche, il courait les bas-fonds en costumes de luxe. Il avait choisi Paris comme base et cultivait l'art d'être superficiel. À la seconde vodka, il tendit la tête vers Nicolas et lui cria à l'oreille, avec son accent bostonien :

— Dans les années cinquante, quand je suis arrivé à Paris, c'était plein de petites boîtes, avec beaucoup d'orchestres et un public très mélangé…

— Comment ?

— Un public mé-lan-gé. Et de vrais orchestres…

Nicolas tendait l'oreille. James se lamentait :

— Aujourd'hui, toutes les boîtes du monde me rappellent Los Angeles.

— Qu'est-ce que tu dis ?

Le morceau de *house* craché par les enceintes était plutôt dansant, bien construit en trois accords, dans une simple équivoque majeur-mineur. Cette musique obsessionnelle, ce rituel du néant exaspérait beaucoup de mélomanes, intellectuellement obligés de changer d'harmonie à chaque mesure.

Nicolas se flattait de savoir goûter ces incantations monotones. Des clients entraient par les portes à battants, s'installaient dans les fauteuils, autour des bars, et dans les toilettes où l'on bavarde plus aisément. Des amis de James arrivèrent. Ils s'assirent à une table, tandis que Nicolas commandait une troisième vodka, puis errait dans les lieux, son verre à la main.

À une heure, l'assemblée se densifia. Les corps s'accumulaient et se dévisageaient dans la pénombre. Clients de sexe masculin pour la plupart, outre quelques travestis reconnaissables à leurs maquillages appuyés et une minorité de femmes. Dans un coin de la boîte, deux apprentis coiffeurs façonnaient sous un projecteur des coupes excentriques aux clients volontaires. Quelques exhibitionnistes s'embrassaient à pleine bouche. Un grand blond en maillot de cycliste et un Noir en costume de soie blanche se pétrissaient sauvagement contre un mur. Les danseurs envahissaient la piste. Quelques go-go boys payés par la direction traversèrent la salle l'un derrière l'autre, vêtus de minislips moulants, dont le mince élastique s'insinuait entre leurs fesses à l'air. Souriants, les dents blanches, coiffés, poudrés, ils se juchèrent sur de grands cubes de bois, puis commencèrent à se déhancher professionnellement sous les projecteurs. Ils faisaient rouler leurs muscles luisants, imprimaient à leur postérieur des mouvements obscènes sur chaque temps fort.

L'excitation montait. Au début, la plus grande partie de la clientèle devait avoir, comme Nicolas, entre vingt-cinq et trente ans. Mais peu à peu — était-ce l'effet des vacances scolaires ? —, un troupeau fier et joyeux de moins-de-vingt-ans s'insinua par les portes et les escaliers : toute une génération d'apprentis noctambules, issus des arrondissements de Paris et de ses banlieues. Le temple de la nuit leur était ouvert, dès l'instant où ils étaient « mignons » conformément aux normes actuelles. Telles les jeunes filles qui bénéficient de l'entrée gratuite dans les boîtes de province, les adolescents mâles jouaient plus ou moins consciemment, ici, le rôle d'entraîneuses pour les consommateurs plus âgés (tandis qu'un pourcentage de jeunes filles était refoulé à l'entrée, afin d'entretenir le style homo en vogue). Vers deux heures, Nicolas put enfin s'abreuver d'une quantité importante de corps juvéniles, sexy et troublants. La nuée d'éphèbes dansait obstinément sur la piste, répondant aux regards des plus âgés par l'indifférence ou la moquerie.

Nicolas remarqua qu'il n'était pas seul à l'assaut. Tournant autour de la jeunesse, d'autres dragueurs demi-vieux tenaient le terrain avec une obstination méritoire. Sous le torrent de musique assourdissante, ils buvaient de l'alcool, fumaient des cigarettes. Beaucoup entretenaient une apparence de gamins ; mais ils se distinguaient des vrais jeunes par leurs efforts trop visibles de relâchement. Leurs carcasses de trente ans étaient un peu trop grasses ou trop maigres ; des golfes creusaient leurs chevelures. Et lorsqu'ils descendaient sur la piste, leurs déhanchements révélaient quelque chose de forcé, une technique qui ne correspondait plus exactement à la musique du jour, des gestes trop nombreux ou trop rares.

Les teenagers, au contraire, collaient avec souplesse aux martèlements de la disco. Ils reproduisaient spontanément les signes de fraîcheur d'époque. Un code secret semblait s'être répandu entre eux pour décliner, ce soir, un modèle composé des mêmes vêtements (blue-jean, tee-shirt flottant autour du corps mince, tennis), de la même coupe de cheveux souple et longue (que les gamins rejetaient en arrière d'un coup de tête), de la même frimousse exprimant naturel, fraîcheur et santé. Il se dégageait de cette jeune masse un sentiment d'immense autosatisfaction, une façon affirmée d'être bien dans sa tête et bien dans son corps.

Un autre trait frappant des mœurs de cette génération était son goût prononcé, presque exclusif, pour les *jus de fruits.* Alors qu'au même âge, Nicolas et ses contemporains n'avaient songé qu'à boire de l'alcool, fumer du hasch — exprimant plus ou moins par ces beuveries ce qu'on appelait *révolte* de la jeunesse —, les apprentis pédés de dix ans moins âgés se trimballaient mollement en exhibant leurs grenadines et leurs jus d'orange. Ils réclamaient au bar des *verres d'eau*, comme si l'ivresse leur était désagréable ; comme s'ils avaient franchi une étape dans le perfectionnement de l'espèce humaine et réussi, mieux que leurs aînés, à respecter leur corps, aimer la vie, leurs études, leur liberté sexuelle.

Ils ne buvaient pas. Ils ne fumaient pas. Ils incarnaient l'image de l'homosexualité heureuse. Leur principale excentricité consistait à se rendre parfois au stand des *bonbons* (situé près des toilettes) pour y acheter une *sucette* au caramel, ronde ou plate. Les garçons la déshabillaient, la suçotaient, la faisaient fondre dans leurs bouches. Ils déambulaient ainsi dans la pénombre du night-club, laissant dépasser entre leurs lèvres le bâtonnet de plastique blanc ; puis ils retrouvaient leurs copains, en jeans et tee-shirts blancs, sur la piste de danse. Tous ces étudiants invertis aimant la fellation et la sodomie, buvaient de l'eau et suçaient des sucettes au cœur d'une boîte de nuit parisienne, dans le déferlement torrentiel de house music.

La plupart déambulaient par bandes, comme autant de sectes à l'intérieur de la secte, avec cette tendance qu'ont les membres des groupes à se protéger mutuellement. Arrivant par classes entières des lycées, écoles préparatoires, écoles de commerce, quelques-uns jouaient à aguicher l'homosexualité adulte. Les plus jolis, les plus timides étaient fréquemment accompagnés par des demoiselles. Accroché par un regard souriant, franc, juvénile, Nicolas finissait par retrouver son prétendant, un quart d'heure plus tard, dans les bras d'une véritable fille ; attitude qui lui semblait terriblement perverse.

Ici comme ailleurs, rien n'était gagné d'avance. Il fallait éviter les affaires douteuses, contrôler les élans naïfs, dépasser le jeu des apparences. Tâche difficile car la sono, poussée à fond, réduisait toute qualité non visuelle à quantité négligeable. Chaque dragueur cherchait une image conforme à son fantasme, toute apparence autre étant exclue. Les looks épiaient les looks. Les regards se détournaient hâtivement, chaque fois que manquaient les signes précisément recherchés. La conversation commencerait après l'amour. Il régnait dans ce lieu une certaine agressivité de chacun envers tous les autres, à l'exception de ceux qui s'inséraient exactement dans votre archétype.

II

Deux heures du matin. Quatrième vodka. Bonne séquence musicale. Nicolas s'approche de la piste et contemple l'ivresse collective avant de s'y jeter. Désir sauvage d'assouvir son sens rythmique. Balançant mollement les hanches, en bordure de la transe générale, il se dérobe encore à la foule. Il a envie, mais peur : les gestes saccadés de la danse à la mode ne se maîtrisent pas aisément. Il s'est exercé chez lui, en slip, devant la glace. Il se trouvait alors sexy, souple et magnifique... La circonstance présente est plus périlleuse. Nicolas redoute le grotesque, quoique le magma des corps en action — centaine d'unités de chair dont émergent seulement des bras, des têtes — soit propice aux contorsions anonymes. Il doit plonger dans cet organe grouillant pour y parfaire son apprentissage.

Dépassant sa timidité, Nicolas franchit le cercle de la danse sous les flashes lumineux et s'enfonce dans la masse humaine. Il bouscule des corps, cherche d'étroits passages. Dans la nuit artificielle, transpercée par les faisceaux de projecteurs, il écarte un dédale de biceps agités, franchit une rangée de torses suants, de Levi's 501, de ceintures à gros anneaux. Enfin, il parvient au centre de la piste, au cœur du cyclone où la musique se multiplie par elle-même, propulsée des quatre points cardinaux par quatre haut-parleurs géants qui enfoncent les temps dans les oreilles comme des coups de marteau. Les corps se serrent tout en évitant de se toucher. Du sol et du plafond, les fumées blanches jaillissent vers les visages, comme des vapeurs de locomotives. Des séquences obscures s'enchaînent aux rafales de lumière. Les danseurs disparaissent dans le smog, au milieu de cette bouillante chaudière. Ils se perdent, s'entrechoquent dans le déluge de musique synthétique. Alors, comme les autres, Nicolas commence à rebondir pudiquement d'un pied sur l'autre, jusqu'à ce qu'il sente parfaitement le rythme. Peu à peu, plus librement, il agite le torse, la taille, les jambes et les bras. Il projette ses membres avec une énergie jubilatoire, répondant par des gestes différents aux différents accents du cycle musical.

Au troisième morceau, se sentant parfaitement à l'aise, il relève fièrement la tête. Toute honte bue, il balance à présent son bassin d'un côté puis de l'autre ; il projette ses bras avec aisance, les yeux ouverts, le regard franc face aux autres regards, ni trop triste ni trop exalté. La journée a été bonne.

Anti-Pouvoirs marche bien ; le ministre l'aime. Nicolas se considère comme un jeune homme moderne, intelligent, libre d'esprit, avec par surcroît une jolie gueule. S'il avait conscience que ses déhanchements, sa bouche à demi ouverte, puissent avoir quelque chose de grotesque, il regagnerait le bar en se cachant le visage. Mais il lui semble, ce soir, qu'il frôle par instants la virtuosité, qu'il va séduire. Point de sourire moqueur à l'horizon. Point de regard flatteur non plus. Point de regard... Car tous les regards sont saisis par une autre attraction. Les clients lèvent ensemble les yeux vers la scène, dont les rideaux viennent de s'ouvrir sur un groupe de danseurs bigarrés.

Massés sur l'estrade pour se donner en spectacle, alignés au-dessus de la plèbe, voici les véritables héros de la soirée : anges et voyous, ceux-ci ne sont pas venus pour *s'éclater* anonymement, mais pour offrir leur strip-tease aux regards des autres. Ils sont une dizaine d'éphèbes, cheveux longs ou courts, torses nus, bardés de ceinturons militaires. Un Arabe de seize ans fait bouger ses pectoraux et semble absorbé dans la contemplation de son propre corps. Un grand scout blond bouclé à taches de rousseur a ouvert sa culotte de velours qui descend lentement, au rythme de la danse, le long de ses cuisses. Tous sont très délurés. Jeunes habitués des boîtes, ils cultivent le naturel « provocant ». Leur spectacle n'est pas exactement obscène ; on dirait plutôt le rituel initiatique d'une tribu décadente. Sur les volutes du synthétiseur, les adolescents agitent ensemble les bras dans le ciel et dessinent, de l'index et du majeur, une calligraphie mystique. Nicolas danse mollement, figé devant la scène, le regard accroché aux blondes cuisses sur lesquelles glisse lentement la culotte, avant que le garnement ne relève d'un geste négligé sa ceinture, qui recommence à glisser vers le bas.

— Arrête de mater, vieux vicieux !

Sentant une main dans son dos, Nicolas se retourne brusquement face à un garçon efféminé qui se précipite dans ses bras, complètement ivre, et l'embrasse.

— Pierrot !

Quelques années plus tôt, Nicolas arrondissait ses fins de mois en donnant des leçons de français. Son élève Pierre était très déluré pour son âge. Leurs ébats se prolongèrent quelques mois. Content de le revoir, après plusieurs années sans nouvelles, Nicolas entraîne Pierrot à l'extérieur de la piste, où celui-ci relate les événements récents de son existence. Il a passé son bac, termine une licence d'anglais. Il a vingt et un ans. Ses élans vocaux, ses cheveux courts décolorés, son anneau à l'oreille appartiennent désormais à la catégorie répertoriée du gay. Dans cette clientèle d'étudiants clean, ses intonations de folle extravertie paraissent plutôt sympathiques à Nicolas. Pierrot se frotte contre lui puis se redresse en s'exclamant :

— Qu'est-ce que je fais? Je suis dingue! Si Hervé me voyait...

Pierrot vit maritalement. D'après son récit, l'idylle avec Hervé manque de fantaisie. Ils travaillent beaucoup, sortent au Boy une fois par semaine.

— Il est là, je vais te le présenter!

Nicolas hésite :

— Ce n'est peut-être pas une bonne idée.

— Au contraire. Il sait qu'on est sortis ensemble. Il a envie de te connaître.

« Sortis ensemble! » se répète Nicolas... Pierrot l'entraîne par le bras vers l'autre extrémité de la boîte en expliquant :

— Il est avec un copain étudiant à Dauphine. Gestion financière... Tu vois le genre!

Ayant franchi plusieurs mètres de chair humaine, Pierrot et Nicolas rejoignent deux jeunes gens modernes, en train de bavarder dans un recoin calme, à l'entrée des toilettes. Hervé porte un jean comme les autres, mais conserve une veste en tweed malgré la chaleur. Grand brun de vingt-trois ans, portant lunettes, il a l'air d'un futur ingénieur, sérieux et cultivé (« petite noblesse bretonne », a prévenu Pierrot). Sitôt présenté, il embrasse spontanément Nicolas sur les deux joues, puis le félicite pour un récent point de vue paru dans un magazine. Tout en appréciant les compliments, le journaliste sent son attention attirée par l'autre interlocuteur, l'*étudiant à Dauphine*, qui l'a dévisagé d'un sourire froid.

Voici, face à Nicolas, une incarnation de son idéal masculin ; l'un des stéréotypes qu'il lorgne partout, jour et nuit : grand et frais, corps mince, visage bambin, yeux vifs, cheveux noirs joliment négligés, lèvres douces, peau soyeuse et pas un poil de barbe au menton ! « Vingt ans » selon Pierrot (mais paraissant moins), l'étudiant à Dauphine porte un pantalon clair et une chemise blanche qui tombe librement sur ses hanches, gommant les reliefs sexuels (au contraire des mâles vieillissants qui exhibent volontiers leurs parties génitales). Si Nicolas l'avait croisé au hasard de cette boîte, il l'aurait assimilé aux clones inaccessibles de l'adolescence nouvelle. Or les voici confrontés par les circonstances.

— Je te présente Julien, dit Hervé.

Puis, se tournant vers l'étudiant :

— Je te présente Nicolas, un ami de Pierrot, journaliste...

Julien tend la main avec un effort de sérieux adulte très infantile. Il serre virilement la paume de Nicolas dans la sienne. Un sourire traverse son visage. Touché par la grâce, Nicolas pose quelques questions sur les études de gestion financière. Les yeux de Julien brillent. Il explique qu'il achève actuellement un exposé sur l'harmonisation du crédit bancaire dans la législation internationale.

— Passionnant !

Julien a un rire clair. Mais au ton sur lequel il a énoncé l'intitulé de son travail, Nicolas comprend qu'il ne prend pas la chose à la légère. Ce sujet d'exposé a sonné comme une revendication personnelle. Les quatre mots — *harmonisation*, *crédit*, *législation*, *internationale* — se sont accordés à sa jeune voix dynamique comme une profession de foi. Probablement homosexuel (ce que laissent supposer ses coups d'œil passagers sur les clients du Boy), Julien frappe surtout par la construction très conventionnelle de son personnage. Il a une voix normale, des gestes normaux. Il prononce sur l'économie de marché des mots normaux. Il boit un verre d'eau normale, rit normalement à chaque bon mot. Il rend la réplique comme il faut, trouve la musique trop bruyante, supporte mal la fumée des cigarettes, passe de la gestion à la littérature, puis de la littérature à la musique classique.

Nicolas sent son cœur battre. Ah, le joli jeune homme normal ! Mince, élégant, immature, et sans un poil de barbe au menton. *Normal, vide, léger !* Il est là, souriant, dans un lieu où il serait presque inconvenant de ne pas tenter de le séduire. Mû par une énergie supérieure, Nicolas s'applique à l'intéresser, à lui causer, à le faire rire. Il informe Julien qu'il reçoit *gratuitement* des places de théâtre, des cartons pour les meilleurs vernissages.

Il offre une tournée. Il a de l'argent. Pierrot prend une vodka, Hervé un jus d'orange, Julien un autre verre d'eau. Nicolas plaisante sur sa sobriété, puis il entrevoit qu'il serait dangereux d'insister :

tenir compte de la mentalité de cet étudiant raisonnable.

Hervé décide qu'il est l'heure de rentrer. Pierrot gémit, se serre contre lui et l'embrasse goulûment. Julien, imperturbable, annonce qu'il va partir lui aussi, car il a un *partiel* à préparer. Nicolas convient qu'il est temps de dormir et raccompagne les trois jouvenceaux vers les taxis, à l'angle du boulevard des Capucines. Julien, svelte et dynamique sous les pans de sa chemise blanche, file le premier. Ayant hélé une voiture, il tend la main à Nicolas en souriant. Celui-ci suggère :

— Si tu veux, je t'invite au spectacle un de ces jours.

— Avec plaisir ! conclut Julien dans une intonation très légèrement féminine, tandis que Pierrot et Hervé se dirigent vers le parking où les attend la petite auto qui les reconduira vers leur sweet home.

III

Nicolas rentre à pied chez lui. Il suit les grands boulevards puis remonte la rue des Martyrs, avant que le jour ne se lève. Il fait chaud. À un kilomètre du Boy, les temps assourdissants de la house music frappent toujours dans ses oreilles, désynchronisées par l'overdose de décibels. Les images de Julien défilent dans son esprit : sa vie de jeune homme moderne ; cette harmonieuse organisation du *travail*, des *loisirs*, du *crédit*, de *l'amour*… Intello de dix ans plus âgé, en pleine crise de la trentaine, Nicolas n'a pas grand-chose à lui offrir. Sa plus sûre chance de séduction réside dans la perspective sociale de l'étudiant en gestion : le pouvoir médiatique, l'intelligentsia parisienne. À moins que Julien ne soit un poète caché, dont l'esprit sensible se révélera peu à peu. Nicolas rêve de vacances au bord de la mer, de nuits enflammées…

Pierrot lui procurera son numéro de téléphone. Mais le journaliste ne veut pas se démasquer trop vite, dans l'ignorance où il se trouve des dispositions de sa proie. L'impatience pourrait devenir source de ridicule… Le lendemain après-midi, à l'issue d'une attente nerveuse, Nicolas appelle son ancien élève ; il tombe sur Hervé, lance un projet de dîner, fixe une date (qu'il annulera le lendemain sous un quelconque prétexte) puis, négligemment, demande à son interlocuteur s'il n'aurait pas, *par hasard*, le numéro de ce garçon d'hier soir, qu'il a promis d'inviter au spectacle :

— Comment s'appelle-t-il déjà ?

— Julien.

— Oui, c'est ça, Julien… Tu le connais bien ?

À peine Hervé a-t-il révélé la combinaison chiffrée que Nicolas conclut et raccroche. Un quart d'heure plus tard, ayant étudié sur le journal les programmes de théâtre de la semaine, il compose le numéro de l'étudiant.

Julien est là. Il ne semble pas surpris. À l'autre bout de la ligne, sa voix adopte un ton ouvert et la conversation démarre, sans passion ni rejet. Aux questions de Nicolas, il répond des phrases précises. Puis il se tait, attendant la question suivante. Ses silences sont embarrassants. Difficile de faire sortir cet individu d'une politesse réservée. Usant de l'appât le plus grossier, Nicolas interroge Julien sur l'avancement de son exposé et l'« harmonisation du crédit ». L'étudiant retrouve un ton volubile pour décrire le mécanisme financier, sur lequel il a travaillé aujourd'hui. Puis il se met à rire, s'étonne de la passion de Nicolas pour l'économie. Sentant le moment propice, le journaliste émet alors son invitation pour le lendemain soir, à une représentation des *Précieuses ridicules*.

— Un instant. Il faut que je regarde mon agenda... Ce soir, réunion de la Junior Entreprise... Demain... J'ai rien. Pas de problème !

Il n'a rien ! Molière sera son bouche-trou, son excursion culturelle ! Voyant l'affaire bien engagée, Nicolas fixe le rendez-vous chez lui, le lendemain à dix-neuf heures.

IV

Ce jour-là, Nicolas n'eut qu'une préoccupation : plaire à Julien. Pendant des heures, il arrangea son appartement, régla chaque détail de la décoration. Il laissa traîner sur une table quelques numéros d'*Anti-Pouvoirs*, accrocha au mur des dessins de maîtres, habituellement cachés par crainte des cambrioleurs. Il changea une douzaine de fois de tenue, passant du costume sombre au costume clair, pour adopter finalement un pantalon *jeune* en toile, auquel il assortit le polo de la bonne couleur (après de nombreux essais, hésitations, repentirs, il opta pour un beige qui mettait en valeur ses yeux sombres). Il passa un long moment devant la glace, se rasa à demi pour garder un charme négligé, coiffa puis décoiffa sa chevelure. Soudain il s'arrêta, horrifié, devant l'enflure rouge qui poussait sur sa narine droite, conséquence probable de récents excès alcooliques. Palpant la chose, l'observant sous tous les angles, la trouvant monstrueuse, il étala sur le furoncle une discrète couche de fond de teint, tout en songeant qu'il faudrait plutôt montrer à Julien son profil gauche... Voyant l'heure approcher, il chercha une musique d'ambiance : Marvin Gaye ? Sly Stone ? Il décida finalement de jouer lui-même au piano quelques airs de blues, que Julien entendrait derrière la porte avant d'entrer.

L'étudiant sonna à l'heure exacte. Abandonnant son cycle de trois accords, Nicolas se précipita. Il ouvrit. Julien était devant lui, ravissant, vêtu d'un léger costume gris d'étudiant anglais. Élégant, propre, bien élevé, il souriait de son visage ingénu, prêt à accepter tout ce qu'on voudrait lui offrir.

L'appartement sembla lui convenir ; les tableaux lui plurent ; la bibliothèque l'intéressa. Nicolas le fit asseoir dans le salon, proposa un verre de porto... Julien ne buvait *jamais* d'alcool. Nicolas pesta intérieurement. L'ébriété facilite les détournements. Qu'importe ! Avec ou sans alcool, son plan était simple : ce soir, il devait uniquement s'appliquer à plaire ; ne pas se laisser troubler par d'impatientes manœuvres corporelles.

En chemin vers le théâtre, Julien allait d'une démarche légère, vivace, qui laissait flotter son complet gris souple. Dans un geste puéril, il rebondissait sur la pointe des pieds comme s'il allait s'envoler et Nicolas discernait, dans cet élan, toute la grâce du monde à venir. Se rappelant le furoncle sur sa narine, il tourna autour de l'étudiant pour venir se placer du côté droit. Lui qui dédaignait habituellement la société libérale et l'économie de marché, découvrait en Julien le charme concret de la finance, de la communication ; un charme qu'il s'employait à ne pas rompre. Il voulait comprendre et partager ses pensées mais Julien ne montrait, en échange, aucune curiosité pour son aîné. Nicolas se serait raconté avec plaisir, embellissant chaque détail de sa légende personnelle. L'étudiant préférait évoquer inlassablement la perfection lisse de son propre ordinaire : ses études à Dauphine, ses parents en province ; famille, pavillon, autos, chien, divorce. Pour gagner un peu d'argent, il travaillait comme « pion » dans un lycée parisien. Affecté à l'internat, il surveillait le soir les chambres des garçons. Excité par l'information, Nicolas tenta une allusion grivoise :

— Il doit s'y passer des choses intéressantes !

Julien reconnut que certains pensionnaires de terminale lui plaisaient. Mais il ne tenait pas à perdre son travail, ni à risquer des ennuis : « Ne pas mêler le boulot et la vie privée. » Fidèle à ce principe, il avait lui-même porté plainte contre d'autres surveillants qui faisaient la bringue tard dans la nuit. Impossible d'étudier sérieusement dans ces conditions.

Tant de bonne conscience effraya Nicolas. Mais il releva surtout cet aveu définitif : Julien *en était* et le signalait avec insouciance. Il fut dès lors aisé de le faire dériver sur ses préférences amoureuses ; nouveau soulagement pour le journaliste, car l'objet de son désir ne signala pas de barrières sexuelles particulières quant aux catégories d'âge. Il trouvait seulement absurde de *sortir* avec des mecs d'un milieu social différent et défendait cette position au sein d'une association d'étudiants gays des universités. Regroupés dans un club amical, ces jeunes gens s'entraidaient pour accéder aux classes supérieures. Ils tissaient des réseaux, publiaient une revue, organisaient des débats, couchaient entre eux, militaient contre le fascisme, la pédérastie, le sida et pour une libre concurrence tempérée par l'État.

La passion financière resurgissait continuellement de ses propos. Sur un ton de plaisanterie, Julien évoqua le projet d'user de ses charmes pour séduire un célèbre milliardaire homo. À l'approche de la place Pigalle, il dévoila son plan de carrière et entreprit la description détaillée des dix prochaines années de son existence : fin des études, passage dans le service financier d'une grande entreprise, puis à la tête du service financier d'une PME ; perspectives de salaire exprimées en *kilos-francs*... Soudain agacé, Nicolas se lança dans un discours crypto-marxiste contre la dictature de la marchandise. Julien répondit d'un éclat de rire frais. Ses yeux brillaient. Il ne lui en voulait pas mais regardait son aîné comme un clown.

Leur chemin passait non loin de la boutique de Cléopâtre. Tout en écoutant Julien, Nicolas hésitait entre deux tactiques : saluer la fleuriste ou la contourner. Il n'aimait guère se montrer à sa vieille amie dans la posture d'homme perdu pour les femmes. Il prenait soin de lui éviter cette peine, ménageait l'espoir, entretenait l'incertitude. Mais il songea également que cette drôle d'Anglaise distrairait sa conquête. Allait-il s'interdire de la visiter en compagnie de toute personne du sexe masculin ? Il présenterait Julien comme un simple copain, ce qui était la réalité, jusqu'à preuve du contraire.

Cléopâtre était d'humeur exécrable. Elle n'avait pas vendu le plus petit bouquet de roses de toute la journée. Au moment où Nicolas s'approchait pour l'embrasser, elle se jeta sur un ultime client qui semblait l'intéresser davantage. Lorsque celui-ci eut fini de ne rien acheter, elle embrassa nerveusement son ami. D'abord, elle fit semblant de ne pas voir Julien. Puis, comme Nicolas lui présentait ce « copain étudiant », elle consentit une politesse, un sourire crispé, tout en considérant dédaigneusement ce garçon propret comme une chose ridicule. « Pourquoi te trimballes-tu avec ça ? » semblait-elle dire à Nicolas. Le soupçon pesait dans son regard. Julien ne sembla pas s'en offusquer. Dans une envolée de curiosité, il posa à Cléopâtre des questions sur les fleurs, tandis que Nicolas l'entraînait rapidement vers le théâtre.

Deux bonnes places étaient réservées. Julien semblait aimer la comédie. Pendant le spectacle, il chuchotait à l'oreille de Nicolas son avis sur chaque acteur — celui-ci mieux, celui-ci moins bien — et réagissait parfaitement aux tirades comiques de Molière. On aurait dit le spectateur d'une animation dans un club de vacances, venu pour s'amuser quoi qu'il advienne. Tout autre loisir sportif, intellectuel, lui procurait-il la même *distraction*, se demandait Nicolas ? Après chaque scène, le journaliste se retournait dans le noir pour le regarder sourire. Il aimait le pli charmant de ses lèvres, ses dents éclatantes, ses applaudissements généreux. À une ou deux reprises, il approcha son genou de celui de Julien, qui écarta le sien.

À la fin du spectacle, tandis que le public sortait, Nicolas entraîna Julien dans les coulisses, afin de lui présenter le metteur en scène qu'il connaissait vaguement. Pavoisant pour son amant, parmi les habitués, le journaliste bavarda un moment avec l'homme de théâtre. Comme ils sortaient de la loge, ils tombèrent nez à nez sur Michel, l'un des meilleurs amis de Nicolas. Les deux hommes s'embrassèrent. Nicolas présenta Julien. Michel, grand blond à lunettes, au front dégarni, salua celui-ci avec un sourire où se mêlaient l'ironie (car il jugeait futiles les entreprises amoureuses de Nicolas envers de trop jeunes garçons) et le compliment (car Julien semblait lui plaire). Fier de sa conquête, Nicolas proposa de dîner ensemble. La soirée se poursuivit dans un bon restaurant de la butte Montmartre où Michel, causeur brillant, intéressa énormément l'étudiant en lui racontant les rouages du milieu artistique.

Commençant à se sentir à l'aise, le benjamin prit la parole à la fin du repas, pour évoquer son activité de président de la Junior Entreprise, association de futurs économistes qui s'entraînaient le soir à l'art de la gestion. Prochaine réalisation : une série de rencontres avec des personnalités de l'*entreprise culturelle*. Julien organisait le premier débat. Invité d'honneur, le très médiatique président de SOS Humanitaire, financier progressiste, mécène, penseur politique, poète, gay.

Julien était affolant. Abandonnant Michel, Nicolas l'entraîna encore dans la nuit chaude, où le jeune loup se détendit un peu. Il voulut traîner au hasard des rues, entra dans un bistrot où un chanteur bêlait au piano, accompagné par les clients. Assis au bar, dans cette ambiance sympa de cabaret de gauche, Nicolas vit avec étonnement le visage du futur jeune cadre devenir presque rêveur. Comme l'artiste entonnait une chanson des années soixante-dix, sur les hippies de San Francisco, Julien saisit son aîné par le bras et fredonna la mélodie. Il connaissait le morceau par cœur, semblait porté aux nues par ces paroles de contestation fleur bleue. Le futur gestionnaire murmurait du bout des lèvres : « Dans notre maison, chacun vient quand il veut. Il n'y a jamais de clé sur la porte. À San Francisco… »

Lorsque la chanson s'acheva, Julien, ému, raconta

que ses parents, quand il était petit, chantaient cette rengaine autour d'une guitare. Il était né dans un bain de simplicité, chez de jeunes contestataires épris de paix et d'amour, rentrés progressivement dans le rang après les conflits de générations. Le rêve de *San Francisco* était pour lui un souvenir d'enfance, un conte de fées. L'amour libre se prolongeait dans la simplicité yuppie.

À trois heures du matin, prétextant la fatigue, Nicolas demanda la permission de rentrer. Il invita Julien à dîner chez lui, le lendemain. Comme il tendait la main pour dire au revoir, l'étudiant prononça, ingénu :

— On se fait la bise ?

V

Quand Julien sonna, le lendemain à vingt heures, il avait revêtu une chemise légère et un blue-jean déchiré en plusieurs endroits, qui apparut d'emblée à Nicolas comme un message sexuel. Ce pantalon n'était pas abîmé par l'usage : deux larges déchirures soigneusement étudiées, l'une au-dessus du genou gauche, l'autre à la cuisse droite, semblaient exprimer la capacité de relâchement, de sauvagerie, de lubricité de l'étudiant à Dauphine.

Mis en condition par cet appel discret, Nicolas fit asseoir le jeune homme dans le salon et lui proposa un jus d'orange. Julien n'avait pas soif. À toutes les attentions de son hôte, il opposait son habituelle froideur, tour à tour rayonnant quand il était questionné sur lui-même, ironique et détaché pour le reste. Tandis que Nicolas contemplait sa frange de cheveux légers, la ligne de son nez, sa peau soyeuse, l'étudiant raconta les péripéties de sa journée à la bibliothèque du ministère de l'Économie et des Finances. Il chercha un disque, choisit la *Passion selon saint Matthieu*, la posa sur la platine et commença à chantonner. Mais il chantait Bach comme *San Francisco* et Nicolas discernait la même mécanique à l'affût de distractions.

Il espérait que Julien l'accompagnerait dans la cuisine, lieu simple et propice aux conversations, où ils bavarderaient tout en assaisonnant les crudités. Mais, comme le journaliste accomplissait ses tâches ménagères, l'étudiant préféra s'installer dans le salon et commença à lire le journal, en attendant que le repas fût prêt. Furieux d'être traité en commis, Nicolas alluma en représailles contre la *Passion* de Bach une station de radio périphérique sur le poste de la cuisine. Il monta le son au maximum et propulsa dans l'appartement des chapelets grésillants de pubs, infos, tubes discos, luttant contre les vieux chorals allemands comme le prolétariat contre le capital. Julien, mollement affalé sur le divan, tournait les pages de *Libération* sans réagir. Tout en pelant les tomates, Nicolas pestait à voix haute, en écoutant la publicité d'une lessive anticalcaire, les positions d'un philosophe sur la guerre de Bosnie. Il grommelait :

— Quel abruti ! Rien dans la tête ! La poésie du libre-échange !

La conversation ne s'améliora guère pendant le dîner. Julien posait. Il semblait foncièrement satisfait de lui et attendait, sans hâte, que Nicolas le satisfasse davantage. Sa volonté évidente de plaire ne suffisait pas à éveiller de curiosité pour son hôte. Cette notion ne lui effleurait pas l'esprit. Dans un bref élan volubile, il évoqua son jeune frère, passionné de danse, engagé dans une voie douteuse pour un garçon. Julien semblait émoustillé par cette idée. Mais le sexe constituait la seule zone non conforme et parfaitement délimitée de sa personnalité. L'ordre revenait à la phrase suivante, pour affirmer la cohérence de son existence construite autour d'une *profondeur* (les produits financiers) agrémentée de *divertissements* (l'opéra, le ciné, le restaurant). Souriant, irréel, il portait la fourchette à sa bouche et ses lèvres avalaient un lambeau de saumon fumé.

Le temps était orageux. La température montait depuis le matin. La résistance antialcoolique de son invité poussait Nicolas à ingurgiter double ration pour s'exciter tout seul. Il buvait de grands verres de bordeaux, tout en meublant les silences par des phrases creuses qui tombaient à plat. Dans cette atmosphère lourde, mêlée de libido, il commençait à perdre les pédales. Mais Julien ne semblait pas enregistrer ce malaise. Il était exactement le même en cette fin de dîner qu'au début de la soirée, que la veille au théâtre, que l'autre jour au Boy ; absolument normal. Comme Nicolas parlait de sa secrétaire d'*Anti-Pouvoirs*, en dépression nerveuse, Julien conseilla de la licencier « dans l'intérêt de l'entreprise ». Cherchant un autre moyen de le troubler,

Nicolas lança un slow langoureux de Barry White. Debout sur une chaise, brandissant un micro imaginaire, il commença à singer les chœurs du Love Unlimited Orchestra. Julien parut amusé. Il était bon public. Nicolas descendit de sa chaise pour servir le café et le dessert.

Décidé à risquer le tout pour le tout, il évoqua alors la côte bretonne, où il devait partir le lendemain pour quinze jours. Attirant le mignon sur le canapé du salon, il sortit de la bibliothèque un beau livre d'images sur les villas de Dinard, Saint-Cast, Perros-Guirec. Il vint s'asseoir près de Julien, colla sa jambe contre la sienne et commença à feuilleter l'album sous ses yeux. Il lui montra une photo de sa *maison de famille* (une demeure qu'en réalité il louait deux semaines pour travailler au calme) : petit manoir décrépit de la Belle Époque, entouré de terrasses, de balcons, d'un parc ombragé... Julien voulait-il finir son mémoire au calme d'une plage bretonne ? Il serait bienvenu ! Nicolas tournait lentement les pages : Trébeurden, Plougadec, allée des Pervenches, hôtel du Golf... Il sentit un frémissement. L'indifférence se dissipait quelque peu. Assis contre lui, Julien commença à feuilleter lui-même le livre sur les genoux de Nicolas, qui développait un abondant commentaire touristique. Cette propension à parler, cette énergie amoureuse déployée sous les mots anodins semblaient produire leur effet. Julien s'abandonnait. Il devenait tendre, soumis ;

mais Nicolas se demanda si ce moment ne procédait pas, comme les autres, d'une logique implacable : Julien, programmant le déroulement de cette soirée, s'était dérobé à ses avances jusqu'au dessert ; il commençait à se donner, maintenant qu'était arrivée, selon sa logique planifiée, l'*heure de l'amour*.

Il faisait de plus en plus chaud. Les deux amis lisaient de moins en moins le livre sur les Côtes-d'Armor. Les yeux de Nicolas dévoraient les lèvres de Julien. L'étudiant en gestion réagissait encore par quelques mots aux photos, aux paysages, mais sa voix de grand garçon sage se disloquait peu à peu, jusqu'à n'émettre plus que des bribes de mots sans signification. Sentant le moment venu, l'aîné glissa sa main derrière le dos du cadet, lâchement, puis fermement. Qu'allait-il advenir ? Instant terrible... Soudain, Julien lâcha le livre qui tomba par terre ; puis il s'effondra dans les bras de Nicolas.

Le journaliste éprouva une vive satisfaction : il signait une brillante démonstration de sa capacité à séduire. À l'instant même où le corps cédait, les yeux de Julien, perdant leur froideur moqueuse, se recouvrirent d'un voile, d'un trouble, d'une buée langoureuse qui, tout à coup, transformèrent l'apprenti financier en jeune fille romantique. Une faille était apparue ; quelque chose comme une tendresse naïve, une sentimentalité ardente, opposée aux traits dominants de sa personnalité. Il entrait dans le registre de l'abandon.

Toujours assis sur le divan, Nicolas tenait la tête brune contre sa poitrine. Il caressait ses cheveux. Julien releva son visage, tendit la bouche et Nicolas l'embrassa, tout en se répétant intérieurement : « Il a craqué ! » Julien articula dans un râle :

— Baisse un peu l'abat-jour.

Se levant et entraînant le jeune corps abandonné, Nicolas conduisit alors son amant dans la pénombre de la chambre voisine où il serait plus aisé, sur le grand lit, de se livrer à leurs ébats.

En vérité, le séducteur ne se contrôlait plus lui-même. À moitié ivre, surpris par le succès, il s'égarait dans un flot d'émotions contradictoires. La vacuité de Julien, lourdement éprouvée depuis trois jours, laissait place trop brusquement à l'effusion amoureuse. La chambre obscure impliquait certains actes concrets. Julien attendait des choses, que son hôte n'avait à présent guère le courage d'entreprendre. La chaleur était pénible. Nicolas se sentait décalé, hors de lui-même, tandis que ce corps offert devenait soudain trop réel. Attendant d'être accommodés à la cuisine de Nicolas, les soixante-cinq kilos de Julien s'imposaient maintenant comme un paquet de chair peu compatible avec la rêverie qui les avait conduits jusque-là.

Nicolas ouvrit la fenêtre de la chambre, dans

l'espoir d'un peu d'air frais, puis il retourna vers Julien. Debout l'un contre l'autre dans l'obscurité, ils recommencèrent à se caresser aussi frénétiquement que possible, dégrafèrent mutuellement leurs boutons de chemise. Ils étaient ainsi enlacés, torses nus, quand éclata dehors le hurlement d'une sirène. Antivol de voiture... Les deux corps se serrèrent plus fortement. Le signal d'alarme cessa, puis recommença plusieurs fois, sinistre, insinuant. Protection déréglée. Propriétaire lointain. Troublé, Nicolas ferma la fenêtre, tâcha de s'oublier en embrassant encore. Mais il n'entendait plus à présent que cette sirène puissante, couinant dehors à intervalles réguliers. Engagé dans l'offensive amoureuse, il avait l'impression de se retrouver en pleine guerre, sous les bombardements. Alerte aérienne. Son cœur battait. La sueur perlait sur son front. Il était fiévreux, mourant. Que signifiait ce torse nu serré contre le sien, dans l'obscurité orageuse où hululait cette sirène ?

Julien attendait patiemment la suite des opérations. Accomplissant un nouvel effort, Nicolas l'entraîna près du lit où ils s'écroulèrent l'un sur l'autre en vue de nouvelles étreintes. Écrasé par le corps de son amant, le journaliste sentait son souffle ardent, haletant, oublieux de toute question, expressément amoureux. Puis la bouche de Julien se déroba soudain, comme s'il redoutait lui aussi quelque chose. Son regard vaporeux fut traversé d'inquiétude, de maladies sexuellement transmissibles, contre lesquelles il allait falloir s'armer... Les angoisses s'entrechoquaient, l'alarme sonnait toujours. « La situation ne doit pas m'échapper », se répétait Nicolas. Luttant contre l'abandon, il concentrait toutes ses forces vers un idéal pornographique, cherchait à s'exciter par l'obscénité des gestes, devenait spectateur de Julien et de lui-même, en train d'accomplir les gesticulations érotiques.

Se remémorant une scène de genre, Nicolas s'agenouilla sur la moquette au pied du lit, entre les genoux de l'étudiant dont le buste demeurait allongé en arrière, soupirant, râlant. Il détacha la ceinture de Julien, dégrafa méticuleusement chaque bouton de braguette, avant de faire glisser le pantalon jusqu'aux genoux. Il dut forcer un peu, car la toile demeurait coincée entre le matelas et les fesses du jeune homme, obligeant ce dernier à accomplir quelques soubresauts. Nicolas s'arrêta à la vue du caleçon bleu déformé par le membre en érection, couronnant des cuisses légèrement velues. D'une main, il palpa le contenu du sous-vêtement et soupesa l'objet du désir, avec un début de satisfaction. Enfin, il tira brusquement l'élastique du caleçon, duquel le sexe jaillit devant son nez.

Fin de la séquence. Échec de la perspective d'ébats idéaux. L'engin était de bonne longueur, rose, épais, veiné... Mais, à peine le membre émergeait-il de la base du ventre qu'il amorçait un léger virage vers la droite, et finissait sur le côté, à un angle d'environ quinze degrés. Détail imprévu, Julien avait le sexe *tordu* et cet arc de cercle, ces quinze petits degrés de chair rose soulignaient soudain les limites de l'aventure.

L'observation n'avait pas duré plus d'une seconde. Nicolas était toujours dans la posture de l'acteur X, entraîné par la logique du scénario, bouche face à la verge qui pointait de travers, main droite agrippée au caleçon, main gauche posée sur la cuisse. Plein de doutes, il détaillait la consistance de l'organe. Chargé de sang, parcouru de légères boursouflures, ce membre turgescent ressemblait à un énorme cornichon. Nicolas releva discrètement les yeux vers le beau visage de Julien qui, l'air vague, guettait discrètement sa réaction, redoutant une remarque désagréable. Ce sarment imparfait, ce cornichon tordu était sans doute l'une de ses préoccupations intimes, dont il tirait ce mélange de honte et de fierté lié à l'attribut sexuel.

Nicolas n'osait révéler son malaise à celui devant lequel il avait, depuis trois jours, montré tant de détermination. Il fallait payer. Combattant sa répulsion, il plongea sa chevelure noire entre les jambes écartées, tira la langue et lança quelques coups discrets. Julien poussa un soupir. S'enhardissant, fermant les yeux, Nicolas avala enfin toute crue la verge entière, dont l'extrémité recourbée vint frapper la paroi intérieure de sa joue. Dehors, la sirène hurlait toujours. Le membre était fade, encombrant. Accablé par le tintamarre et l'atmosphère moite, Nicolas s'interrompit une nouvelle fois. Julien acheva maladroitement de se dévêtir. Le journaliste ôta son pantalon. Alors, seulement, il prit conscience que son propre membre s'était totalement rétracté, ramolli, replié sur lui-même.

Un slip dissimulait encore cette panne technique. Mais le signal d'alarme, dehors, qui persistait depuis dix minutes dans son atroce couinement, entretenait Nicolas dans un état de malaise physique et mental. Il jeta un œil vers Julien : allongé sur le dos, les yeux brillants, attendant l'assaut, l'éphèbe lui fit l'effet bizarre d'une vieille femme affublée d'un sexe masculin. Nicolas, debout, tentait de rejeter cette odieuse vision, quand l'étudiant vint s'agenouiller devant lui, fit glisser son slip, saisit d'une main la verge éteinte, commença à l'animer de petits mouvements destinés à la faire durcir, qui eurent pour seul effet d'écraser l'appendice sur lui-même.

Nicolas était gêné. Des circonstances extérieures s'acharnaient pour abolir l'état de grâce, ridiculiser l'instant sacré. Cette chaleur étouffante, ce signal d'alarme… Julien tirait à présent des deux mains le bassin de son aîné vers sa bouche. Cherchant à masquer l'évidence, celui-ci s'arracha au jeune téméraire et le pria d'attendre un instant. Il s'enferma dans la salle de bains où il tenta violemment de se branler. Rien n'y fit. Nicolas rejoignit Julien, oubliant toute espèce de stratégie, toute habileté dans l'esquive, tout art du détournement, pour avouer platement :

— Je ne sais pas ce qui m'arrive... Je ne comprends pas... Ce n'est pas mon habitude...

Julien eut un regard agacé, comprenant que son orgasme était compromis et sa soirée perdue. Nicolas, dépassé par la situation, se sentait obligé d'*avouer*. Il ne songea pas même aux dix autres moyens de conduire son camarade au plaisir. Depuis trois jours, il désirait cette créature. Et maintenant qu'elle était là, Nicolas, persécuté par ce signal d'alarme, voyait sa victoire tourner au désastre. Vaincu, il abattait son jeu. Mais déjà, dans une contradiction supplémentaire, il redoutait que Julien ne lui échappe. D'une divagation à l'autre, il jurait de lui donner prochainement la preuve de sa virilité : dès demain, ils reprendraient l'ouvrage avec succès :

— Tu n'es pas fâché, j'espère ?

Julien répondait :

— Mais non, ça n'est rien. Ça n'est pas grave Ça peut arriver à tout le monde !

Dehors, la sirène geignait.

Nicolas regagna la salle de bains puis revint serti d'un peignoir. La retraite était engagée. Son amant bandait encore, assis sur le bord du lit, tout en enfilant ses chaussettes. Le signal d'alarme hurlait et Nicolas expliquait :

— Je ne peux pas supporter ce bruit. Excuse-moi mais… avec la chaleur… Ça me coupe tous mes effets.

Julien répondait d'une voix frustrée :

— Ça n'est pas grave, je t'assure, ça n'a aucune importance.

Et ils insistaient encore :

— Mais non ! Ça a énormément d'importance.

— Ça peut arriver à tout le monde, je t'assure… Je ne t'en veux pas du tout.

Au moment où Julien achevait de se rhabiller, la sirène s'interrompit. Dans le calme revenu, l'étudiant voulut écouter à nouveau le chœur de la *Passion selon saint Matthieu.* Ce petit geste esthétique jeta sur la fin de l'acte une émotion soudaine. Julien, chantonnant la mort du Christ, apparut à Nicolas comme un dieu léger. Il aurait voulu l'embrasser, lui déclarer sa flamme. Il l'implora d'oublier l'incident, le supplia de rester, lui suggéra de se dévêtir à nouveau pour recommencer, sans attendre. Julien résuma froidement :

— Une autre fois, peut-être. Aujourd'hui, je ne suis plus du tout excité.

VI

L'orage a éclaté. Des trombes d'eau tombent sous les éclairs. Allongé sur son lit, en proie à la détresse, Nicolas passe un coup de téléphone. Julien, qui vient de se coucher, l'écoute patiemment. Demain matin, à neuf heures, Nicolas prendra le train pour Plougadec. Son invitation tient toujours : l'étudiant veut-il passer quelques jours au bord de la mer ? Julien n'en sait rien, il a envie de dormir. Pour couper court, il répond qu'il ne pourra venir avant le week-end, car il doit d'abord taper son mémoire sur micro-ordinateur. Nicolas propose son PC. Julien répond *Macintosh* ; incompatibilité de programmes. Fort d'un mince espoir, Nicolas lui souhaite bonne nuit.

Il appelle ensuite Michel pour épancher son angoisse et lui raconte toute l'histoire. Il espère que son ami a trouvé Julien stupide, quand ils ont dîné ensemble avant-hier : l'impuissance sexuelle n'était peut-être qu'une saine réaction de Nicolas face à la vacuité de cet individu. Son vieux camarade écoute attentivement, avant de prononcer d'une voix soulagée :

— Depuis le temps que j'essaie de te le faire entendre : tu as une énorme difficulté avec l'émotion amoureuse !

Michel semble espérer l'évolution de son ami vers une cure analytique. Il hésite entre un lacanien et un freudien.

À huit heures quarante-cinq, le directeur de la revue *Anti-Pouvoirs*, vêtu d'un ciré de pêcheur breton, chargé de valises et complètement déprimé, traverse la salle des pas perdus de la gare Montparnasse. Il grimpe dans un wagon. La pluie a cessé. Il fait déjà chaud. Les traits tirés, Nicolas s'assoit dans un recoin tranquille de première classe. Le train démarre. Nicolas colle ses yeux sur la vitre et observe le défilé du paysage : restes de villes noyées dans la banlieue, centres commerciaux entourés de chapelets de voitures, morceaux de campagne striés par les lignes à haute tension. Après une nuit blanche, la fatigue adoucit l'écoulement du temps, produit un flottement favorable à la dérive des sentiments. Bouffées de tristesse. Centrale nucléaire. Forêts.

Le contrôleur passe. Quelques rangées devant Nicolas, un homme hausse le ton. Un cadre en costume-cravate engueule le préposé des chemins de fer ; il se plaint du système de billetterie automatique récemment mis en place par la SNCF :

— Vos billets sont illisibles. J'ai mis près d'un quart d'heure à obtenir le mien sur le clavier... Est-ce que nous vivons dans un pays moderne ?

L'homme parle d'une voix nasillarde et prend ses voisins à témoin. Il tient le contrôleur pour l'un des responsables :

— Répondez-moi, monsieur ! Vous êtes notre INTERLOCUTEUR !

Des passagers approuvent silencieusement. Le ton monte. L'employé des chemins de fer se défend :

— Je n'y suis pour rien !

Le cadre commercial, surexcité, lance un regard victorieux en direction des autres voyageurs, puis clame avec un sourire mauvais :

— Changez de métier, si vous n'aimez pas.

Il donne une leçon à l'employé, l'accuse publiquement de ne pas parler au nom dc son entreprise. Au cœur de la conjuration antimoderne, des erreurs de programmation, ce poinçonneur, affublé d'une casquette, n'aime pas suffisamment son travail !

Les lotissements s'espacent entre les forêts. Envahi par la végétation, le paysage devient généreux dans la chaleur du matin. Le monde passe comme un film, à deux cents à l'heure, derrière la vitre hautc sécurité. Nicolas pense à la nuit passée ; il revoit le visage de Julien, dont la beauté vide éveille des larmes délicieuses.

VII

Le soleil se pulvérisa puis disparut dans le brouillard, quelques kilomètres avant Plougadec. La côte semblait figée dans une fraîche saison. Souvent, l'été, tandis que la France grille, cette portion de côte bretonne demeure sous la couveuse.

Nicolas déposa ses bagages à la maison. Dans un demi-sommeil, il traversa le bourg, grimpa l'escalier de la digue et déboucha sur le rivage. La Manche était calme et lisse comme un lac. Le gris de l'eau, fondu dans le gris du ciel, dissipait les formes, éteignait les couleurs, amortissait les sons. Quelques barques de pêche glissaient dans la brume. Aux deux extrémités de la baie, les grandes roches découpées, arches rouges et géants de pierre, plongeaient dans la mer froide comme des créatures légendaires.

Nicolas descendit s'asseoir sur le sable. Des enfants pataugeaient au bord de l'eau ; leurs voix résonnaient sur la plage déserte, mêlées au léger clapotis des vaguelettes. Rires d'humains nus près de la mer, dans l'univers. Nicolas enleva ses vêtements, s'approcha en maillot de bain de la tribu aquatique. Avançant timidement ses pieds dans l'eau, il parla aux enfants immergés jusqu'à la taille. Une petite fille lui dit :

— N'ayez pas peur. Elle est froide mais on s'habitue ! Vous n'êtes pas d'ici ?

Elle plongea, tête la première. Le journaliste plongea à son tour et nagea loin dans la baie, à grandes brassées qui soulevaient des vaguelettes sur le miroir. Il enfonça sa tête et la ressortit. Ses gestes et ses regards vers les barques à l'horizon éveillaient une force simple et joyeuse. Le délice du baigneur s'augmentait du désespoir de l'amoureux transi. Son corps et son esprit se recomposaient sous l'influence d'un bain iodé.

Il se sécha rapidement, monta boire un verre à la terrasse du casino. Les visages changent peu, ici, traînant de génération en génération le même ennui du citadin en vacances, les mêmes habitudes des stations bourgeoises, où les familles se retrouvent et se reproduisent entre elles, indéfiniment. Un estivant lui demanda de ses nouvelles. Nicolas comprit qu'il s'en fichait. Les états d'âme de son interlocuteur lui étaient pareillement indifférents ; il n'aurait pas aimé endurer le récit vague de ses émotions. Il rentra dans sa villa vide et s'allongea sur son lit pour une sieste.

La fenêtre était grande ouverte sur les arbres et les

jardins de Plougadec. Des mouettes tournaient en criant au-dessus des toits. Une débroussailleuse se mit à geindre. Le râle industriel rogna en quelques instants toute perspective de repos. Se penchant au-dehors, Nicolas aperçut dans le parc voisin un homme en combinaison plastifiée, coiffé d'un casque de cosmonaute, qui égalisait les haies. Sa femme, derrière lui, portait sur le dos une bouteille de métal et pulvérisait des produits insecticides au moyen d'une lance. Penché haineusement vers ces deux martiens, Nicolas hurla :

— Salopes ! Salopes modernes !

Puis il retomba sur le lit et s'assoupit en songeant à Julien qui était lui aussi une salope moderne, avec son genre blasé, son attente d'extase.

L'espoir dura jusqu'au dimanche. Chaque jour, Nicolas composait le numéro de téléphone de l'étudiant vers midi, afin de ne pas le déranger dans son travail. S'efforçant de donner à ces appels insistants le goût d'un jeu, il s'enquérait en plaisantant de l'avancement du mémoire. À l'autre bout de la ligne, une voix polie exprimait sa calme indifférence. Le naufrage semblait déjà lointain. Julien pratiquait cet art de ne jamais énoncer quoi que ce soit de désagréable, de s'en tenir à une distance aimable. Il s'éloignait cordialement, racontait en détail ce qu'il avait fait la veille, le film qu'il avait vu, les amis avec lesquels il avait dîné. Au dixième appel, l'étudiant ne montrait toujours pas la moindre lassitude. Il accordait à Nicolas un petit espoir dont celui-ci s'emparait. Un matin, Julien se montra bref et distant, ce qui plongea son aîné dans d'atroces souffrances ; mais le lendemain le jeune homme était de nouveau disponible, riant, presque tendre.

Tandis que l'histoire se réduisait à rien, Nicolas s'enivrait. Peu après son arrivée, il écrivit une déclaration enflammée, puis envoya sa missive en « express » pour que Julien la reçoive au courrier du matin. Au coup de fil suivant, Julien n'en parla pas. Quand Nicolas, impatient, posa maladroitement la question, l'étudiant lâcha :

— Ah oui, j'ai reçu ta lettre. Merci.

Aucune joie particulière, mais toujours aucun agacement perceptible.

— Il faudra que je te réponde...

Tout sentiment glissait, s'éteignait, et plus ce vide grandissait plus les élans de Nicolas s'affolaient. Trois jours passèrent, sans la réponse promise. Dix fois, chaque matin, le journaliste se rendait à la boîte aux lettres, sachant pourtant que le facteur ne passait qu'une seule fois. Il rentrait dans la maison, brisé, accrochait la clé de la boîte au mur. Quand la sonnerie du téléphone tintait, il se précipitait, faisait tomber le combiné, le rattrapait... Une voix synthétique énonçait : « Bonjour, je suis un ordinateur vocal. Je voudrais jouer avec vous. Pour gagner un cadeau, appuyez sur la touche *étoile.* »

Quand le téléphone ne sonnait plus, Nicolas attendait. Demain, peut-être, Julien serait là au train de 14 h 27. Alors, une angoisse plus précise apparaissait. Qu'il vienne vraiment ? Encore faudrait-il, cette fois, se montrer viril : réparer l'accident, sans quoi le ridicule serait consommé et Julien perdu, à jamais. Nicolas n'allait-il pas se découvrir une impossibilité définitive ? N'était-il pas *impuissant* ? Afin de préparer sa revanche, il accomplissait un entraînement quotidien dans la perspective de leurs futurs orgasmes. Chaque jour, pendant un quart d'heure après le déjeuner, il s'exerçait à l'érection. Nu sur son lit, il avait nommé son oreiller « Julien », l'embrassait amoureusement, l'étreignait et gesticulait furieusement dessus en susurrant des cochonneries.

Il téléphonait encore. À Plougadec, il pleuvait, mais Nicolas décrivait une plage ensoleillée. Au coup de fil suivant, il interrogeait Julien sur sa venue. L'étudiant, toujours insaisissable, indécis, mettait la dernière main à ses travaux sur l'« harmonisation du crédit ». Il promettait à nouveau de répondre à la lettre et, peut-être, de venir en week-end avant son départ, la semaine suivante pour l'Allemagne, dans le cadre d'un échange interuniversitaire... Lorsqu'il travaillait à la bibliothèque du ministère des Finances, il branchait son répondeur.

Un matin (ton enjoué) :

— Bonjour. Vous pouvez me féliciter, car j'ai été reçu au concours de *Junior Management* avec mention « bien ».

Le lendemain (ton comique) :

— Vous êtes bien à l'ASJ, Association de sauvegarde de Julien. Faites un geste. Envoyez votre chèque à l'ordre de Julien…

L'argent, toujours l'argent !

Une nuit, Nicolas rêva qu'ils marchaient tous deux à New York. C'était l'hiver. Ils descendaient Broadway sous la neige. À Wall Street ; le sommet des gratte-ciel se perdait dans les flocons. Julien avançait en répétant : « Beauté de la finance… Splendeur de l'économie marchande… Sublimité de la spéculation boursière ! »

Le lendemain matin, Nicolas lui raconta cette vision. Julien éclata de rire puis expliqua au journaliste pourquoi il détestait l'Amérique, sa saleté, son archaïsme. L'Europe représentait, à ses yeux, un stade plus élevé de l'organisation : une meilleure conjugaison des lois du marché, des techniques de pointe, de la politique culturelle et de la protection sociale ; l'alliance du progrès moderne et de la vieille civilisation… Il ajouta qu'il ne pourrait venir à Plougadec. Nicolas raccrocha, presque soulagé.

Il appela une dernière fois, le matin du départ pour l'Allemagne. La boîte aux lettres était vide, comme d'habitude. Julien jura qu'il allait poster sa réponse avant de prendre l'avion. Nicolas lui demanda ce qu'il comptait faire, en Bavière, avec sa copine de fac ; s'ils allaient visiter les campagnes, la montagne ? L'étudiant répondit qu'ils resteraient à Munich où ils voulaient travailler à leur dossier sur les produits financiers.

Julien s'envola. Sa lettre n'arriva pas. Ce fut tout.

VIII

À Plougadec, la circulation était particulièrement chargée cet été. Un trafic incessant, depuis que le maire avait décidé de transformer la petite station en plage californienne, accueillante pour les autos, motos, camping-cars. Un embouteillage permanent. Sur les routes d'accès, plusieurs fois élargies, bordées d'immenses parkings, s'étalaient du matin au soir de longues colonies, un peu plus nombreuses chaque année, malgré les intempéries. Dès que pointait un rayon de soleil, commençait un défilé de carlingues, moteurs fumants, deux-roues pétaradants serrés entre les maisons de pêcheurs. Sur la place du village, dans le tumulte des autoradios, on discernait à l'intérieur des véhicules des familles torses nus qui attendaient de pouvoir s'insinuer dans le bourg breton, jusqu'au parking terminal. Toutes ces caravanes, ces paradis à quatre roues tentaient de s'infiltrer dans la moindre ruelle, avant de battre en retraite face à un bus plein de Japonais.

Le décor tenait bon, conservait une beauté dégradée. Nul ne semblait s'étonner de l'inadaptation du contenant et du contenu, sauf une fraction du conseil municipal qui préconisait, pour en finir avec l'ancien Plougadec, un chantier plus radical.

Nicolas grimpa sur la falaise. Il marcha sur le sentier de douaniers qui longeait le précipice. Avançant dans l'herbe profonde, les chardons, les fleurs sauvages, il s'approcha du ravin pour contempler le gouffre où s'accrochaient des corniches, accessibles aux seuls goélands. Il eut le vertige et s'aplatit sur le sol. À plat ventre, il regarda les vagues frapper le socle de granit rouge. Plus loin, dans un creux abrité du vent, il fit la sieste en cherchant, à l'horizon, la limite du ciel et de la mer. Au-dessus de lui, de grands oiseaux blancs filaient l'un derrière l'autre du nord vers le sud, affairés, comme s'ils se rendaient à un rendez-vous urgent. Ils planaient, se laissaient porter par le vent, émettaient quelques cris perçants suivis de longs ricanements. Nicolas se remit en route à travers champs, observa des vaches dans un pré. Des morceaux de plastique orange étaient agrafés dans leurs oreilles, portant des numéros.

Certains soirs, il allait boire un verre dans la salle des machines à sous, ouverte au casino à la place de l'ancien théâtre.

Il montait l'escalier tapissé de moquette, franchissait entre deux videurs un portail de verre fumé et pénétrait dans l'antre des plaisirs. Sous l'éclairage rouge, démultiplié par d'innombrables miroirs, des joueurs se rassemblaient depuis le début de la nuit. Une foule urbaine et campagnarde s'agitait entre les robots multicolores où tournaient des chiffres et des images de cartes à jouer. On distinguait par endroits quelques résidus du casino disparu : stucs, angelots, rambardes en bois sculpté dans lesquelles étaient vissés les jeux électroniques. Sur le sol s'étalaient des papiers d'emballage, rouleaux de pièces de deux francs, cinq francs, dix francs. Des balayeurs ramassaient. Les femmes portaient de longues chevelures décolorées, à la façon des actrices de séries télévisées. Assises sur des tabourets face aux écrans lumineux, elles regardaient s'afficher les numéros. Le temps défilait, ralentissait, repartait. D'une main, les clientes tenaient des pots en carton remplis d'espèces sonnantes. Elles enfonçaient les pièces en tirant quelques bouffées de cigarette. Au loin, une cascade de monnaie dégringolait, animant une musique synthétique qui éveillait une décharge de joie. Le gagnant remplissait jusqu'à ras bord son gobelet. Le maître d'hôtel distribuait du champagne. Au-dessus des têtes clignotaient des chiffres, indiquant le montant du jackpot.

Le directeur de l'établissement saluait Nicolas. Cet homme sympathique en costume blanc paraissait content de lui. Il était modeste, aimable, dans le vent.

— Grâce aux machines à sous, expliquait-il, nous attirons une nouvelle catégorie de joueurs ! Pour le casino, le risque financier est nul, le pourcentage de gain assuré : c'est l'avantage du hasard informatisé.

Nicolas retournait s'asseoir dans la nuit, sur un banc face au rivage. Malgré les motos qui tournaient sur le parking, la plage retrouvait par instants le calme, entre une heure et cinq heures du matin, quand le gros des automobiles était rentré au parking. L'air était doux, les rochers illuminés par des projecteurs. Cette trouvaille donnait en permanence à l'endroit l'aspect d'une carte postale. Sur un autre banc, des Italiens jouaient de la guitare et murmuraient une chanson d'amour.

IX

Un jour, comme il rentrait de promenade, Nicolas aperçut au fond de l'allée des Pervenches, devant l'entrée de sa villa, une jeune fille assise sur un sac à dos. Elle portait une chemise de lin, un pantalon blanc froissé et aux pieds une paire d'espadrilles. Sa longue chevelure blonde ondulante encadrait un visage pâle aux yeux bleus.

S'approchant de la barrière, le journaliste adressa un discret « bonjour », songeant qu'il s'agissait d'une campeuse égarée. Contre toute attente, la jeune fille se leva avec un sourire et s'avança vers lui en prononçant :

— Enfin… Je suis tellement contente de te revoir.

Se connaissaient-ils ? Elle l'embrassa sur les deux joues. Nicolas rendit machinalement le baiser, mais il ne parvenait pas à se souvenir de cette personne et demeurait gêné, tandis qu'elle observait silencieusement la mer au loin, sous les pins. Dévisageant de nouveau le jeune homme avec une exaltation d'artiste, elle susurra d'une voix douce :

— Tu te souviens, quand on était petits, qu'on jouait ensemble sur la plage, des après-midi entiers.

Nicolas ne fréquentait Plougadec que depuis une dizaine d'années. Il n'osa cependant contredire la mémoire de son interlocutrice qui avait saisi son sac à dos et l'entraînait dans le jardin. Arrivée devant le perron, elle désigna la grande pelouse qui descendait en pente douce et demanda :

— Je peux planter ma tente ici ?

Nicolas songea à la renvoyer au camping. Mais il trouvait la situation curieuse et, après un instant d'hésitation, répondit :

— Oui, bien sûr...

— Ta sœur fait toujours de la danse ? demanda la campeuse.

— Oh non ! Elle a arrêté depuis son amputation, relança machinalement Nicolas, se prenant au jeu du quiproquo :

— À propos, que deviennent tes parents ?

— Mon père est mort cet hiver, répondit tristement la campeuse.

— Pardonne-moi, je ne savais pas...

Tandis qu'elle plantait ses piquets dans l'herbe, le journaliste remonta vers la villa. Assez joyeux, il se servit un whisky, s'assit dans la véranda au-dessus du jardin, puis sirota son verre en observant cette créature qui, à quatre pattes sur la pelouse, tendait la toile de sa canadienne. Plutôt jolie, elle pouvait avoir vingt-cinq ans. Nicolas alluma une cigarette. Cette bizarre incursion féminine, en plein drame sentimental, ranimait des zones somnolentes de sa conscience. Perturbé par ses récents déboires, hanté par l'impuissance, il entrevoyait dans cette jeune femme toute l'irréalité de l'autre sexe, la fantaisie de l'amour. Il but encore une gorgée. La campeuse faisait pipi derrière un fourré et Nicolas sentait percer en lui un instinct oublié : ce goût lointain de la femme. Quoique l'entreprise fût contre nature, ou plutôt parce qu'elle était contre sa nature, il avait envie de flirter ; il acheva son verre et redescendit la pelouse en lançant :

— On dîne ensemble ?

Dans le soir tombant, des maquereaux grillaient sur le barbecue. Marianne (elle s'appelait Marianne) se disait artiste et tenait sur l'art des propos ennuyeux : elle prônait davantage de « délire ». Nicolas préférait la questionner sur leurs souvenirs d'enfance, à Plougadec. Tout en épluchant une pomme de terre, Marianne reprenait le fil de son épopée. Vers l'âge de dix ans, Benoît (elle semblait confondre Nicolas avec un « Benoît ») était tombé amoureux d'elle. Il l'emmenait par la main dans de longues promenades sur la plage, loin de leurs mères qui prenaient le soleil sur leurs serviettes-éponges…

Marianne regardait le journaliste en souriant. Il relança et se souvint du Poney-Club où ils se retrouvaient, quelques années plus tard, pour échanger leurs premiers baisers. Marianne rit aux éclats. Elle sortit de son sac un peu d'herbe et roula une cigarette. La marijuana plongea Nicolas dans une demi-extase où les paroles joyeuses de la campeuse s'écoulaient comme des cascades. Elle le questionnait sur lui-même et semblait le trouver beau, fin, intelligent. Elle l'entraîna par le bras ; ils firent ensemble le tour du jardin, reconnaissant les arbres où ils avaient joué, la mare où ils avaient élevé des poissons rouges. La drogue annihilait toutes les préventions et le brun franchit allègrement les étapes vers les bras de la blonde. La perspective féminine l'illuminait. À l'issue du tour de jardin, ils se serraient assez tendrement, emportés dans un même élan volubile.

Passant sous la tonnelle, ils retournèrent vers la maison. Tout en bavardant, Nicolas commençait à considérer sérieusement que Marianne serait vraisemblablement, ce soir, sa maîtresse. L'absurdité de la situation lui apparut alors pour la première fois ; la béatitude s'estompa et il redouta d'aller plus loin en besogne. Entre deux accès d'euphorie, il entrevit de nouveau, énorme, évidente, la perspective du *fiasco.* La séance l'épuisait d'avance. Allait-il se livrer à l'acte d'amour, tout nu et peut-être incapable d'honorer sa promise ?

Ayant raccompagné Marianne jusqu'à la canadienne, il annonça qu'il se retirait dans sa chambre. La jeune femme le regarda sans y croire, avec l'air excessivement poétique des femmes amoureuses. Elle approcha son visage pour lui dire bonsoir, l'embrassa sur la joue. Il l'embrassa sur le cou. Puis leurs deux bouches glissèrent l'une vers l'autre et ce fut un baiser tumultueux, un long échange de souffles, sous lequel les corps se rapprochèrent. Bizarrement, alors qu'il éprouvait généralement une certaine répulsion pour ce commerce salivaire, Nicolas se sentit gagné par une fièvre violente, entêtante. À peine Marianne avait-elle éloigné ses lèvres qu'il replongeait sur elle, l'embrassait avidement et ce baiser éveillait une volupté de tout son corps, démultipliée par l'idée qu'il était en train d'aimer une femme. Ils se pétrissaient le dos. Nicolas dévorait littéralement Marianne, bouche à bouche, et plus ce baiser durait, plus il devenait délicieux.

Ils se tenaient debout, silencieux, enlacés près du barbecue. Leurs poitrines, leurs ventres, leurs jambes s'écrasaient amoureusement. Soudain, tandis que Marianne tentait de l'aspirer tout entier entre ses lèvres, le journaliste remarqua ce phénomène presque inespéré : cette chose, entre ses jambes, cette partie de son corps, cet organe était en train de reprendre sous la pression féminine une rigidité d'acier.

Quelque chose l'attirait irrésistiblement contre l'organe concurrent. Il éprouvait *l'instinct du mâle avec sa femelle.*

À nouveau, il redouta de ne pas maîtriser suffisamment ses forces pour mener l'action à terme. Mais, avant qu'il ne parvienne à mettre de l'ordre dans ses idées, ce fut une nouvelle débauche d'étreintes. Tels deux adolescents incontinents, ils se roulaient de longs baisers. Sentant que son sexe levait toujours, Nicolas décida de hâter les choses. Il invita Marianne à entrer sous la tente et la suivit à quatre pattes, tout en la caressant comme un amoureux.

Ils se dénudèrent maladroitement dans le minuscule espace, puis le corps à corps reprit sous la canadienne. L'édifice tremblait sous les gesticulations des partenaires ; une lampe torche se balançait au sommet, évoquant un navire dans la tempête. Le sol était dur, mais Nicolas tenait bon. Marianne le déshabilla, empoigna énergiquement son sexe. Soudain, le journaliste vit avec inquiétude la tête féminine glisser le long de son ventre. Il sentit un pincement de lèvres. Allongé par terre, il ne distinguait plus devant lui que la chevelure blonde penchée entre ses jambes, dominée par une croupe énorme, deux fesses blanches et rondes. Il tenait toujours. Tandis que sa maîtresse se rassasiait, il éprouvait dans tout le corps d'agaçants et délicieux frissons. Au bout d'une dizaine de minutes,

Marianne releva la tête, haletante, regarda silencieusement Nicolas comme une chienne fidèle. D'un geste viril, celui-ci attira de nouveau vers lui le torse de la femme, la serra et l'embrassa goulûment.

Il retrouvait dans les baisers une fièvre entêtante. La perspective des longues séquences successives, jusqu'à l'amour accompli, éveillait encore par instants une espèce d'effroi, mais les gestes s'enchaînaient naturellement. Marianne vint s'empaler nerveusement sur lui, tandis qu'il se noyait dans sa poitrine, préférant tout oublier. La femme nue en action s'appuyait de toute sa chair, lui mordillait les joues ; sa croupe se mit en mouvement ; son souffle émettait des soupirs bruyants avec la régularité d'une machine à vapeur. L'homme suivait tant bien que mal le rythme de sa partenaire, en animant ses hanches de petits soubresauts, jusqu'à ce qu'il ressente, en provenance du bas-ventre, une sorte de plaisir. Marianne geignait violemment, haletait. Le pari était gagné. Le journaliste se reposa sur les seins de sa maîtresse, persuadé qu'une porte venait de s'ouvrir sur des perspectives grandioses.

La nuit fut pénible. Nicolas ne parvint pas à s'endormir, gêné par ce corps nu qui ronflait contre le sien. Marianne soufflait comme un gros bébé, la lèvre pendante. Cette chair satisfaite qui s'accrochait à lui, par les bras et par les jambes, lui faisait maintenant l'impression d'une méduse.

Il finit par s'assoupir au lever du jour mais, une demi-heure plus tard, il était réveillé par les premières caresses. Il poussa une plainte, ouvrit l'œil à demi. Tout en chatouillant sa poitrine, Marianne lui demandait doucement s'il préférerait un garçon ou une fille… Comme il demeurait hébété, elle éclata de rire, affirma qu'elle plaisantait, l'embrassa sur la bouche. Ce premier baiser, qui annonçait évidemment le début d'une nouvelle chevauchée amoureuse, affola Nicolas. L'idée de devoir *déjà* recommencer, s'étourdir à nouveau de caresses, consacrer aux étreintes une énergie qu'il avait totalement épuisée la veille, liquidée jusqu'à la dernière goutte ; l'image de cette femme assoiffée lui sembla si atroce qu'il décida de se lever et sortit tout nu sur la pelouse. Marianne le suivit, toute nue, dans le jardin, en lui narrant le grand projet dont elle rêvait depuis des années : animer une maison au bord de la Méditerranée, ouverte aux plasticiens, écrivains, poètes, créateurs qui se retrouveraient pour vivre au soleil une vie d'artistes…

Nicolas n'oubliait pas l'euphorie de la veille. Mais le souvenir d'ivresse se mêlait d'une sensation d'étouffement. Il voulait être seul, renvoyer la campeuse au camping. Il s'assit sur une marche du perron, toujours suivi par Marianne qui s'immobilisa, devant lui. Leurs deux corps nus se faisaient face.

Marianne regardait Nicolas, sa tignasse noire frisée, ses joues mal rasées, ce gros sexe mou et ridicule qui pendait entre ses jambes. Nicolas regardait Marianne, blanche et blonde, ses deux gros seins bientôt pleins de lait. Il réfléchissait à la méthode pour s'en débarrasser et finit par prononcer, d'une voix lasse :

— Je crois que tu t'es trompée d'adresse.

Marianne demeura silencieuse, comme effrayée. Il poursuivit :

— Je ne m'appelle pas Benoît mais Nicolas. Nous n'avons jamais marché ensemble sur la plage...

Marianne le regarda douloureusement comme une femme trompée. Ses yeux rougirent. Une larme coula sur son visage. Elle gémit :

— Tu crois ? Ce n'était pas vrai ?

Nicolas prit une voix douce pour la rassurer :

— Tu as dû te tromper de villa.

Marianne restait muette, puis soupira :

— Je n'y comprends rien.

Retournant tristement vers la pelouse, elle commença, à quatre pattes, à démonter sa canadienne.

Nicolas se demanda s'il avait tort ou raison d'agir ainsi ; si Marianne était une mythomane, une nymphomane, une idiote, ou simplement une femme amoureuse. Pressé d'en finir, il se répétait nerveusement : « Je veux être seul. » Mais, simultanément, il se reprochait de n'aller pas plus loin dans cette aventure. Il repensait aux baisers de la veille.

Marianne acheva son paquetage. Elle enfila une robe indienne, accrocha son sac à dos ; puis elle s'approcha de Nicolas et l'embrassa sur les deux joues.

— Nous nous reverrons, promit-elle... Et cette fois, ne m'oublie pas !

Tout nu, Nicolas suivit Marianne jusqu'à la barrière. Incapable de réagir, il regarda la jeune femme s'éloigner sur le chemin. De part et d'autre de l'allée, elle cueillit encore quelques fleurs et composa un bouquet. Soudain, elle se retourna une dernière fois vers son amant et jeta le bouquet au-dessus d'elle, comme une dingue. Les fleurs retombèrent, éparpillées. Puis elle disparut.

TROISIÈME PARTIE

En être ou ne pas en être

I

Âgé d'une douzaine d'années, l'enfant blond suçotait une glace à deux boules. Sa langue passait négligemment sur la crème aux arômes de Pepsi-Cola. Appuyé entre ses parents contre la tôle du Bus-Hotel, le garçonnet portait un blouson de cuir de rocker et un blue-jean déchiré. Le ventilateur du moteur soulevait sa chevelure, dont quelques mèches retombaient autour d'un visage de bébé joufflu. Un anneau doré transperçait le lobe de son oreille droite. Deux yeux bleus ornaient son visage de séraphin.

Le Bus-Hotel, énorme char de métal noir, stationnait en bordure du parvis de la cathédrale Notre-Dame de Paris, parmi une douzaine d'autres autocars en provenance de toute l'Europe. Chaque véhicule exhibait ses appâts en lettres fluorescentes : *climatisation*, *vidéo*, *WC*, *bar*, *musique*, *essence propre*. Les pots d'échappement projetaient alentour des effluves gazeux. Parfois, l'un des engins chargé de touristes tentait de repartir et se figeait en travers de la rue trop étroite. La circulation s'interrompait. Les klaxons criaient.

Parmi les autocars riches s'insinuaient des vagues d'autocars pauvres en provenance de Roumanie, Hongrie, Pologne. Carrosseries usées, soufflant une fumée noire, les reliques de l'industrie socialiste déversaient leurs populations épuisées par le voyage, mais endurcies par la souffrance. Toutes ces colonies à la recherche de Paris se croisaient devant Notre-Dame. Les Hongrois, Polonais, Roumains portaient des simili-blue-jeans aux coupes démodées. Pâles, encore sauvages dans leurs chemises de couleurs ternes, ils demeuraient écrasés sous le soleil, face aux cohortes de Japonais, Hollandais, Français, Anglais en Levi's 501 et tee-shirts fluo.

Depuis dix minutes environ, Nicolas n'avait d'yeux que pour ce Bus-Hotel de la République fédérale allemande, cette famille appuyée contre le métal brûlant : le père en pantalon de jogging, portant à l'épaule une lanière qui tenait un sac, contenant un caméscope ; la mère, grande femme rousse, arborant une chemise exotique, où s'entrelaçaient des fleurs orange d'acrylique. Entre père et mère, l'enfant léchait sa glace, dans le mouvement incessant de la foule ; blouson de rocker, jean déchiré, chevelure flottant dans le vent chaud d'oxyde de carbone, oreille percée par l'aiguille d'un spécialiste afin de porter — dès l'enfance — l'anneau symbole de la rébellion.

Nicolas cherchait un sens à ce tableau sacré. Ils se tenaient tous trois, côte à côte, telle la sainte Famille. La main de Joseph à gauche et la main de Marie à droite tombaient sur les épaules du jeune prophète. Le chauffeur klaxonna et le père, amorçant un geste, entraîna son fils. Les trois Allemands remontèrent le marchepied, pour s'engouffrer dans la fraîcheur climatisée du Bus-Hotel. Nicolas suivit jusqu'au dernier soupçon leurs trois paires de fesses, comme un fragment de la réalité pure. Les corps disparurent derrière les fenêtres teintées, la portière se referma ; puis le véhicule se remit en route vers sa prochaine destination : le parking d'Euro Disney. Il fut immédiatement remplacé par un nouvel autocar dont la porte s'ouvrit, déversant devant Notre-Dame un nouveau contingent de caméscopes.

Nicolas se leva pour déambuler sur le parvis. Il dressa la tête vers les tours de la cathédrale, enserrées dans les échafaudages d'une entreprise de nettoyage. Son regard chercha, derrière le treillis d'aluminium, ces hautes coursives où, dans un vieux film, couraient Quasimodo et Esméralda. Il s'approcha de la façade où s'entrechoquaient des centaines d'objectifs photographiques, devant les copies de statues médiévales. Un soleil d'automne baignait les corps qui entraient et sortaient par les deux portails. Quelques-uns s'attardaient sur le pont, regardaient passer les bateaux-mouches, dont les enceintes acoustiques racontaient l'histoire de la Cité. Le troupeau d'autocars ronronnait au loin, protecteur.

Sur la place, des acrobates, dessinateurs de rues, animaient une petite foire. Juché sur une borne de circulation, un homme grimé en personnage du XVIIIe siècle imitait les mouvements lents et décomposés d'un vieil automate. Assis sur des tabourets devant leurs chevalets, des peintres peignaient Notre-Dame et son bras de fleuve, dans un style impressionniste. Ils observaient minutieusement le paysage, avant de se retourner vers la toile où leurs pinceaux — comme des baguettes magiques — éliminaient toute trace de circulation, d'autocars, de touristes, de caméscopes, d'échafaudages, pour reconstituer l'image du Paris éternel.

Au centre du parvis se tenait un âne. Quelques enfants tournaient autour de ce véritable animal, auquel était attelée une carriole chargée de souvenirs : tours Eiffel, buttes Montmartre, drapeaux tricolores, boissons fraîches, déclarations des droits de l'homme… L'âne portait une casquette à longue visière, à l'effigie d'un club de basket de Chicago, plantée entre ses deux longues oreilles. Les bambins le gavaient de confiseries et de boissons sucrées. Un seau en plastique accroché sous son arrière-train lui permettait d'accomplir ses besoins. De temps à autre, l'animal poussait un cri déchirant et quelques passants s'indignaient de le voir soumis à ce traitement barbare, loin des grands espaces naturels.

Ailleurs, attirant des grappes de foule, une dizaine d'adolescents sportifs exécutaient des pirouettes sur leurs patins à roulettes. Ils tournoyaient, torses nus. Leurs gestes décontractés s'offraient, dans une fausse désinvolture, à l'admiration des spectateurs. Divers détails de mode (marques de chaussures de sport, bandeaux dans les cheveux) participaient à ce ballet qui culminait dans l'extase acrobatique. Tournant sur lui-même au-dessus du sol, un virtuose retomba sur ses deux jambes, parmi les applaudissements de la foule. Nicolas pointa sa tête dans la haie des spectateurs pour admirer l'atterrissage du garçon.

Sa rêverie fut interrompue par un hululement. Débouchant à cent à l'heure de la préfecture voisine, un véhicule de police rempli d'hommes en uniforme commença à slalomer parmi les autocars, afin de percer un passage. La fourgonnette fonçait vers une affaire urgente. Les grandes parois de Notre-Dame, pierreries sculptées, corniches et gargouilles se dressaient dans le ciel bleu, corsetées par leur armature d'échafaudages. Au sommet de chaque tour, des jets d'eau sablonneux, projetés par des machines puissantes, polissaient lentement la pierre, afin de rendre à Paris son éclat.

II

Nicolas goûtait la douceur de l'été finissant. S'éloignant de Notre-Dame, il songea avec satisfaction qu'il avait renoncé à Julien, à Marianne et presque oublié ses tourments d'été. Libéré de toute aspiration à l'amour (en général) et à l'homosexualité (en particulier), il se sentait pleinement lui-même : vagabond, poète. Le prochain numéro d'*Anti-Pouvoirs* était bouclé : un dossier sur l'État et la culture, dans lequel il était *pour*, tout en étant *contre* (le ministère serait content) ; son compte bancaire présentait un solde positif de 8 700 francs. Heureux de vivre, il rentra en bus chez lui, sur la butte Montmartre. À peine avait-il refermé la porte que le téléphone sonnait.

C'était Michel. Nicolas s'assit sur le divan, prêt pour une longue conversation avec son camarade. À intervalles réguliers, ils passaient en revue les divers événements professionnels, artistiques, intellectuels ou sentimentaux de leur vie. Nicolas se réjouissait déjà d'expliquer comment il avait liquidé son étudiant en gestion financière. Dès les premiers mots, Michel l'interrompit et demanda :

— Que fais-tu ce soir ? Il faut que je te voie, c'est urgent.

— Rien de prévu, dit Nicolas.

D'une voix mystérieuse, Michel lui fixa rendez-vous à onze heures, dans un bar du Marais, pour un motif qu'il qualifia de *très important*. Puis, sans rien préciser, il raccrocha.

Nicolas s'affala sur le divan, perplexe, cherchant à comprendre cet appel pressant. Le ton grave de Michel augurait-il un nouveau tournant dans leurs relations tour à tour complices et orageuses ?

Ils s'étaient connus dix ans plus tôt à la faculté de lettres. Rapprochés par le goût de l'art, ils avaient fraternisé. Le soir, parfois, Michel reconduisait Nicolas sur son scooter. Au fil des mois, timidement, il lui avait révélé ses sentiments d'amitié amoureuse, dans des lettres suggestives. Mais ses élans étaient demeurés sans effet ; le plaisir d'aller au cinéma ou de dîner ensemble suffisait à assouvir les faibles penchants de Nicolas.

Lorsque celui-ci avait abandonné ses études pour s'enfoncer dans la vie noctambule, il avait oublié Michel. C'est seulement un an plus tard que Nicolas, endetté, drogué, s'était souvenu de ce camarade afin de lui emprunter une somme d'argent. Le soir même, Michel lui avait porté une enveloppe.

Comme l'heure du dernier métro était passée, il était resté dormir chez Nicolas. Ils avaient bu et, stimulés par l'alcool, s'étaient livrés, tard dans la nuit, à quelques attouchements. Le lendemain, Nicolas, gêné, priait son camarade de ne pas recommencer. Grand mince à lunettes, visage d'intellectuel faisant plus vieux que son âge, Michel représentait l'antithèse de ses rêveries. L'idée de vivre ensemble une histoire sentimentale lui semblait ridicule.

Michel n'insista pas mais il demeurait proche et amical. Ses conseils avaient aidé Nicolas à reprendre pied dans la vie sociale. Esprit brillant, il menait simultanément des études de sciences politiques et d'histoire de l'art. À ses heures perdues, il pratiquait le chant. Nicolas pianotait ; ils passèrent ensemble des après-midi à déchiffrer de vieilles partitions. Entre deux lieder de Schumann, Michel s'interrompait pour préparer des jus de fruits dans le mixeur offert par sa mère. Il évoquait la difficulté d'aborder « son » homosexualité avec ses parents. Nicolas préférait l'accompagner dans des airs d'Offenbach. À la fin de certains morceaux, Michel expliquait en riant que la musique était leur moyen de *faire l'amour*. Il parlait de transfert.

Des années de psychanalyse l'avaient persuadé que le goût des garçons devait s'exprimer dans la construction d'une « vraie relation amoureuse ». Découragé par la muraille de sympathie, très éloignée de la passion, que lui opposait Nicolas —

occupé en secret à l'épuisante recherche des jeunes hétérosexuels —, Michel tentait parfois de le corriger. Il lui parlait au téléphone : « Pourquoi fuis-tu l'amour ? Nous n'aurons bientôt plus rien à nous dire. » Le charme de Nicolas l'avait autrefois séduit, comme aujourd'hui l'agaçait ce comportement détaché, qui s'appliquait à tout et risquait de devenir, en quelque sorte, *fascisant.* Il détestait en particulier cette façon systématique qu'avait Nicolas d'ironiser sur le militantisme homosexuel, comme s'il avait honte de lui-même. Plusieurs fois, comme Nicolas déblatérait sur le couple gay, Michel lui avait raccroché au nez.

Après avoir débuté à la rubrique « Société » du journal *Libération*, Michel écrivait dans plusieurs magazines des articles de sociologie et terminait la rédaction de son essai : *La génération postmoderne.* Il mettait en garde son ami contre les polémiques faciles (qui nourrissaient trop souvent, selon lui, la revue *Anti-Pouvoirs*), le manque d'argumentation. Il feuilletait chaque semaine des dizaines de livres, lisait des centaines d'articles, qu'il découpait, classait, distribuait à ses proches, réservant à Nicolas ceux consacrés à l'amour entre hommes.

Face aux critiques raisonnées, Nicolas se justifiait médiocrement. Il aurait voulu, sans complication, jouir de l'amitié et de l'esprit de Michel. Il subissait ses remontrances comme une épreuve nécessaire, mais préférait discuter ou papillonner avec lui, le temps d'un dîner ou d'un spectacle. Qu'une si vieille complicité dût pâtir des élucubrations psychologiques de son camarade lui paraissait une perte de temps. Lorsqu'il se lassait, il débranchait son téléphone. Puis, guetté par la déprime, il rappelait Michel et se laissait emporter par ses dissertations sur l'amour. Il reconnaissait ses torts, son manque de profondeur. Le lendemain, oubliant le diagnostic de Michel, il penchait à nouveau vers la facilité.

Présentant Julien à Michel cet été — à la représentation des *Précieuses ridicules* —, Nicolas avait cédé à un goût de revanche. Après tant de sentences contre son incapacité d'aimer, il avait l'impression de révéler, sous les traits du beau Julien, son génie caché de séducteur. Quelques jours plus tard, il comprenait combien Michel avait raison...

Depuis le retour de Plougadec, les deux amis ne s'étaient pas rappelés. Décidé à oublier ses déboires, Nicolas travaillait intensément. Au bureau d'*Anti-Pouvoirs*, il avait concocté de nouveaux projets : un colloque sur la fin de l'Histoire ; un débat sur l'art conceptuel. Il déjeunait avec des confrères, lisait, s'informait et, le reste du temps, se baladait. Parfois, l'image de Julien revenait à son esprit et il se lamentait d'avoir perdu une occasion exceptionnelle. Puis il songeait que les histoires d'amour n'étaient que mythologie pour midinettes ; puis il se demandait si sa vie avait un sens et balançait d'une incertitude à l'autre.

Soudain, au téléphone, la présence de Michel, sa voix, son amitié inébranlable rappelaient au journaliste qu'il n'était pas seul et lui offraient l'occasion de faire le point. Nicolas nota le rendez-vous. À l'heure prévue, il se mit en chemin, décidé à aborder l'essentiel.

III

Onze heures du soir. Accoudé au bar du Club 69, Nicolas attendait l'arrivée de Michel.

Les clients se serraient les uns contre les autres. Comme aux heures de pointe, dans les transports en commun, les corps se bousculaient en s'excusant. Contrairement aux usagers du métro, toutefois, les consommateurs s'entassaient volontairement dans l'obscurité du Club 69 ; nul n'attendait l'heure de sortir et chacun semblait s'accommoder de la situation, malgré l'impossibilité de bouger comme de parler. Les enceintes diffusaient de la musique gaie. Les individus assourdis et compressés patientaient calmement, se criaient à l'oreille. Ils semblaient signifier, par chacun de leurs gestes, que la vie continuait.

L'assemblée était uniquement composée de jeunes hommes, plus ou moins enlacés les uns dans les autres. Quelques-uns se bécotaient, se caressaient sous les éclairages tamisés. Et ces baisers, ces caresses, pleins d'insistance et de désinvolture, soulignaient qu'il ne se passait rien d'extravagant. Des étudiants buvaient leur bière comme s'ils buvaient une bière. Quelques éclats de voix suggéraient que des habitués répétaient chaque soir cette scène de la vie gay normale, se reconnaissaient, s'embrassaient sur la ponctuation de musique funky.

Glissant dans la foule, Nicolas croisa un groupe de jeunes gens, emportés dans un bavardage conjugal où il était question de tromperies, de vie commune, de crédit-logement. Quelques adolescents tardifs, blonds, fardés, traversaient la salle en heurtant leurs camarades, d'un pas nerveux, les yeux évanescents, les lèvres pulpeuses. Partout, ce n'étaient que verres scintillant dans l'obscurité, visages soignés, visages poupins, dressés les uns près des autres, s'épiant sans se regarder. Et derrière ces visages de jeunes adultes, ces paires de lunettes, ces fronts bombés, ces mentons en galoche, persistait quelque chose des visages d'enfants : cette nature première, cette accumulation de tares, de complexes, de tics et de vanité ; une école maternelle fardée dans le naturel homo.

Le barman, jeune Américain gonflé à la musculation, parlait de boîtes de nuit avec un client :

— T'es allé au Boy hier soir ?

— Ouais, et toi ?

— Y avait du monde ?

— Normal.

Tout était parfaitement normal. À deux corps de

Nicolas, un homme laid affublé d'une casquette avait mis en œuvre divers moyens pour accentuer sa laideur. Sa lèvre supérieure et sa narine droite étaient transpercées par des anneaux. Il parlait avec son voisin et Nicolas voyait les anneaux bouger avec la lèvre supérieure, heurter la lèvre inférieure. Mais ces ornements ne semblaient pas moins normaux que le reste. L'homme laid buvait et parlait, indifférent, à son voisin, indifférent.

Adossé au zinc, à côté de Nicolas, un grand blond d'une vingtaine d'années portait un jean propre (déchiré) et une chemise blanche. Ses lèvres (non percées) bougeaient nonchalamment sur les paroles de la musique disco. Il connaissait la chanson par cœur et murmurait le refrain. Excité par ce charme banal, Nicolas tenta d'engager la conversation ; il lança un mot, demanda du feu. Le blond ne répondit pas. Immobile, il regardait fixement devant lui, l'air supranormal, chantonnant mollement la rengaine à la mode. La bière pression de Nicolas, le Coca du jeune homme scintillaient côte à côte dans la lumière. Mais le grand blond ne rêvait pas : il draguait. Nicolas n'était pas son genre.

Michel n'arrivant pas, le journaliste commanda une autre bière. Soudain, il lui sembla qu'une paire d'yeux s'était posée sur lui. Sondant les profondeurs du Club 69, ses antennes finirent par identifier à l'autre extrémité du bar une jeune tête bronzée, frisée, esseulée dont le visage, orienté dans son axe, le scrutait fixement.

Ce regard langoureux n'autorisait aucun doute. Nicolas étudia rapidement l'individu. Frustré par son échec auprès du blond, prêt à s'adapter à une autre proie, il trouva ce Maghrébin plaisant, sans rien d'efféminé ; il conclut qu'il se trouvait peut-être dans un soir de chance, qu'il avait tort de dénigrer les bars gays, que ces lieux de rencontres étaient tout compte fait utiles.

Passant à l'assaut, il fixa à son tour ces yeux intenses, esquissa un quart de sourire. Le jeune Maghrébin le regardait toujours. Nicolas tâchait de se concentrer dans une expression torride. L'autre souriait inlassablement. Après quelques minutes, il sembla toutefois à Nicolas, d'après certaines infimes variations du regard, que sa proie lui échappait, par instants, pour viser légèrement ailleurs, à côté de lui. Troublé, il se déplaça de quelques centimètres... Le Méditerranéen regardait à présent dans le vide, avec le même léger sourire. Revenant dans sa position initiale, Nicolas eut de nouveau l'impression d'être en communion avec ce superbe visage sombre ; mais comme il bougeait encore, l'autre demeurait en extase, absorbé dans sa contemplation immobile. Saisi par le doute, Nicolas finit par se retourner, chercha le concurrent qui aurait détourné ce regard. Personne. Cherchant encore, il découvrit, accroché au plafond juste au-dessus de sa tête, l'écran d'un téléviseur : le garçon suivait, béat, les images d'un dessin animé.

Soudain, ce fut confusion de visages, une bousculade. Nicolas reconnut d'abord Michel devant lui, puis aussitôt Julien, sa chevelure noire, ses yeux purs ; puis ces deux corps, Michel et Julien, se tenant par la main ; ce torrent de phrases amicales et chaleureuses :

— Nous nous sommes revus…

— Comme un coup de foudre !

— Nous avons décidé de vivre ensemble…

IV

Lorsqu'ils avaient dîné tous les trois, un mois plus tôt, après la représentation des *Précieuses ridicules*, Julien avait apprécié la personnalité de Michel. Sa clarté intellectuelle, l'argumentation de son discours politique, esthétique, psychologique, ponctué de traits d'humour, contrastaient avec les efforts trop visibles qu'accomplissait Nicolas pour séduire, comme s'il apprivoisait une bête curieuse... La semaine suivante, tandis que celui-ci séjournait en Bretagne, Michel et Julien s'étaient retrouvés par hasard dans un bar gay. Ils avaient passé la nuit ensemble. L'étudiant avait annulé son voyage en Allemagne. Depuis un mois, ils filaient le parfait amour : Julien venait de quitter son studio pour s'installer chez son amant.

Michel n'avait pas, d'abord, accordé trop d'importance à cette situation vaudevillesque : Julien et Nicolas n'étaient visiblement pas faits l'un pour l'autre. Tout en goûtant légèrement sa revanche (sur celui qui, depuis dix ans, se dérobait à ses avances), il supposait que l'intrigue se dénouerait aisément… C'est seulement quelques jours plus tard, lorsque l'étudiant lui raconta en détail sa nuit d'amour ratée, puis les coups de fil de Nicolas, enfoncé dans le désespoir à Plougadec, que Michel découvrit le drame en pleine lumière : ce drame gay qu'il traquait depuis longtemps chez son ami. Cette vision pathologique ranima en lui la compassion, puis l'ardeur thérapeutique. Résolu à sauver Nicolas, il décida de mettre au grand jour la situation pour en trouver l'issue.

Passé la première émotion, Nicolas tenta instinctivement de s'accrocher à l'aspect comique de la situation. Ils rirent bêtement en se regardant tous les trois. Puis le journaliste sentit son esprit se fractionner et le Club 69 s'embrouiller dans un halo, d'où émergeaient Julien et Michel, serrés familièrement l'un contre l'autre. Sa conscience ne réagissait plus. Ils marchaient ensemble dans la rue ; Michel parlait doucement mais Nicolas pataugeait, sans comprendre précisément le sens des paroles qui flottaient autour de lui. Gêné, il finit par prononcer :

— Excusez-moi, depuis mon retour de Bretagne, je suis un peu grippé.

Michel confia à mi-voix :

— À ta place, je ne me sentirais pas bien non plus. Mais comme tu dis toujours : il ne faut pas dramatiser.

Nicolas, depuis cette phrase, n'avait balbutié que des plaintes comateuses...

L'audience se déroula la nuit même, dans l'appartement de Michel. Enfoncé dans un fauteuil, Nicolas percevait les efforts de ses deux camarades pour l'aider ; mais il se sentait à la fois victime et coupable. Il voyait devant lui le juge Michel, visage sec, cheveux châtains, lunettes rondes, et le témoin Julien, ingénu, dents éclatantes, installés côte à côte sur le canapé. Michel répétait, d'une voix réconfortante :

— Tu as une énorme difficulté avec le sentiment amoureux.

Pour appuyer sa démonstration, il rappelait à Nicolas ces symptômes, qu'il tentait d'analyser depuis des années : cette légèreté intellectuelle, cette façon de traverser la vie en spectateur, ce continuel ricanement, cette moquerie envers les homosexuels. Tout ce mépris n'était que le masque de la solitude et du malheur. Michel considérait enfin Nicolas comme un cas. Il tentait d'établir un diagnostic, pesait les chances de salut. Julien, sans se départir d'un léger sourire, approuvait sur un ton plus spontané :

— Je ne veux pas te faire de la peine, Nicolas,

mais pour un mec de trente ans, *tu manques de naturel.*

Nicolas, abattu, regardait la mèche souple de Julien, son petit air coquin, parfaitement détendu ; ce charme vide et léger. L'intérêt qu'il avait cherché à susciter, sans succès, lorsqu'il flirtait avec l'étudiant, s'exprimait enfin par un élan de sympathie apitoyée. Sommé de s'expliquer, Nicolas résistait à peine. Quelques plates idées sortaient de sa bouche, afin de réduire son drame à un incident mécanique. Évoquant leur épouvantable nuit d'amour, il rappela :

— Ce signal d'alarme, cette chaleur étouffante m'oppressaient... Et puis, le style « jeune cadre financier » de Julien était affolant !

Il n'osa évoquer le cornichon tordu. Michel écoutait, prenait mentalement quelques notes puis répliquait point par point. Il posait la voix lentement, avalant un peu de salive après chaque phrase :

— Bien sûr, je suis parfois agacé, moi aussi, par le style « jeune cadre » de Julien. Mais ta hantise tourne à l'obsession. La finance est une passion comme une autre, dans laquelle Julien met le meilleur de lui-même. Si tu l'acceptes, tu t'apercevras qu'il est sensible à d'autres sujets, pourvu qu'on l'y intéresse. Tiens, hier, je l'ai persuadé de suivre des cours de philo.

Julien écoutait Michel. Il paraissait envoûté, approuvait et appuyait par des exemples l'argumentation de son amant :

— Quand tu m'as invité au théâtre, dit-il en regardant Nicolas, j'ai passé une super-soirée. Mais franchement tu étais bizarre : tu me regardais comme un extraterrestre.

Nicolas s'efforçait de sourire, puis hochait la tête en soupirant. Michel ajouta, sur un ton de plaisanterie :

— Il faut admettre également une explication plus simple et concrète : pour parler « technique », je pense que vous êtes tous les deux *passifs*.

Julien gloussa. Michel poursuivit gravement :

— Cette fixation angoissée sur le signal d'alarme n'en est pas moins extravagante.

Puis, après un long silence :

— Je crois, Nicolas, reprit posément Michel, que cette aventure est un signe. Aucun de nous n'a cherché cette situation. Mais elle révèle (à temps peut-être) les souffrances que tu t'infliges, à force de vouloir échapper à la profondeur de l'amour. Tu demeures tiraillé par un mélange infernal d'homosexualité et d'homophobie. Une contradiction pénible que tu peux maîtriser, mais qui exige à mon avis une remise en cause plus générale... L'analyse n'est peut-être pas la seule issue.

Il avala encore un peu de salive.

— En tout cas, reprit-il, pour ce qui me concerne, je n'ai pas l'intention de t'opposer la muraille d'un couple fermé, entre Julien et moi...

Que voulait-il dire par là ?

Nicolas sentait son esprit de plus en plus confus. Michel parlait à présent de la vie « gay ». Dans sa voix revenait sans cesse le mot de « garçon ». Il parlait de l'*amour des garçons*, de la *beauté des garçons*. Et dans ce terme, qui jaillissait à tout propos depuis le fond de sa gorge et jusqu'au bout de sa langue — garçon, garçon —, la délectation libidineuse se mêlait à la rhétorique morale. Michel évoquait le *goût des jeunes garçons*, qu'il ne condamnait pas mais considérait comme une entrave au véritable amour entre hommes.

Que fait-il, dans ce cas, avec Julien ? songeait Nicolas. Tout se brouillait à nouveau. Julien souriait. Ses yeux noisette brillaient. Michel parlait de la persécution, des crimes de Staline, des crimes d'Hitler, de l'étoile rose. Il revenait au cas de Nicolas :

— Tu n'es pas suffisamment à l'écoute de la souffrance. Pour toi, tout se résume au plaisir...

Julien suggéra :

— Aimer le plaisir, d'accord ! À condition d'y parvenir !

Il semblait désolé que Nicolas n'y soit pas parvenu.

— Une relation amoureuse ne peut être fondée sur l'indifférence, insistait Michel.

Ils débordaient d'amitié. Et ainsi, pas à pas, ils révélaient à Nicolas la clé de son mal : le cynisme.

V

Le traitement dura plusieurs semaines.

Nicolas éprouvait un violent besoin de changement. Le premier choc passé, il se regarda pendant quelques jours comme un sous-humain. Il commença à détester cette distance négative qui émanait de lui-même pour avilir toute passion amoureuse, toute harmonie sociale, familiale, sexuelle. La liaison de Michel et Julien ne lui apparut pas comme une trahison mais comme un exemple. Combattant la jalousie, il voulait vaincre son handicap, accéder au monde plus élevé de sensibilité dont l'entretenaient ses camarades. L'échec lui ouvrait les yeux. Il regardait Michel, son vainqueur, comme un gourou.

Poussé par le désir de réforme, il se dirigeait plusieurs fois par semaine, en sortant du bureau, vers l'appartement du jeune couple prêt à l'accueillir, pourvu qu'il accomplisse quelques efforts. Lorsqu'il sonnait, en fin d'après-midi, Michel ouvrait la porte, l'embrassait puis, toujours accueillant, l'entraînait vers la pile d'articles qu'il avait découpés pour lui. Il invitait Nicolas à s'asseoir sur le canapé pour approfondir les sujets du jour, en absorbant d'innombrables données : *Quelle liberté pour les gays russes ?... La nature bisexuelle... Universalisme ou multiculturalisme...*

Fuyant instinctivement la difficulté, Nicolas réclamait un verre d'alcool ; mais ses deux amis ne buvaient que du thé. Il voulait fumer une cigarette, mais ses deux amis ne toléraient pas l'odeur du tabac. Il commençait donc à lire, tandis que Michel téléphonait, écrivait une lettre, faisait couler un bain, puis venait de temps à autre vérifier l'assiduité de son élève. Timidement, Nicolas suggérait d'aller dîner ; Michel ne répondait pas. Nicolas insistait ; Michel s'énervait : il combattait cette angoisse des repas à heure fixe, ce manque de poésie, cette polarisation narcissique, cette façon nerveuse d'ingurgiter un peu de nourriture, un peu de distraction avant de rentrer chez soi... Songeant à ses résolutions, comprenant qu'il devait se soumettre ou partir, Nicolas n'osait plus aborder ce sujet vulgaire et il replongeait dans les articles.

Julien travaillait dans la pièce voisine, devant le micro-ordinateur. Tandis que Michel prenait son bain, Nicolas allait saluer l'étudiant dans sa chambrette, où les ouvrages politiques, philosophiques, esthétiques disputaient désormais la place aux manuels d'économie. Quittant l'écran du Macintosh, Julien embrassait Nicolas. Celui-ci s'asseyait sur un coin du lit tandis que, dans un accès de frénésie culturelle, l'apprenti financier lui racontait ses lectures, ses sorties au musée. Précis, planifié, méthodique, il évoquait fièrement sa nouvelle vie, persuadé que cette évolution ferait plaisir à son ancien amant. Il cherchait à lui plaire, montrait sa reconnaissance à l'homme qui lui avait permis de rencontrer l'amour. La peau soyeuse de son visage, le timbre juvénile de sa voix éveillaient soudain chez le journaliste un pincement de douleur, une jalousie rageuse.

Rongé par l'angoisse et la faim, il retournait s'asseoir sur le canapé du salon, tandis que l'étudiant tapotait à nouveau sur son ordinateur. Michel apparaissait en peignoir de bain, relançait la conversation sur la chute du communisme, la fin du cauchemar en Europe de l'Est, la nécessité d'une troisième voie, entre bureaucratie marxiste et capitalisme sauvage.

Après de nombreuses pertes de temps, débuts d'impatience, les trois amis sortaient dîner. De nouveau obnubilé par la détente facile d'un bon repas entre amis, Nicolas suggérait tel bistrot de sa connaissance, où l'on pourrait manger un délicieux lapin en sauce. Sans l'écouter, Michel enlaçait Julien et traînait au hasard des rues du Marais, en s'extasiant devant la beauté et les mystères de Paris.

Bars gays, restaurants gays, boutiques gays s'alignaient des deux côtés de la rue. Sur les trottoirs défilait la population des gays en goguette, moustachus, crânes rasés, pantalons déchirés, fesses moulées, deux par deux, quatre par quatre, visages bronzés, corps musclés. Julien rebondissait, aérien, dans son jean propre et son tee-shirt ; Michel le tenait par la main, assumant ses trente ans, ses cheveux clairsemés, ses lunettes. Depuis quelques mois, il tentait d'étoffer sa carrure en se rendant, une fois par semaine, au Gymnase Club ; il n'avait plus honte de son corps et redressait le torse dans un débardeur. Nicolas suivait ses deux amis en geignant. Il enviait leur désinvolture et leurs nuits d'amour, déshabillait d'un œil languide les minets qui passaient sur le trottoir, tout en lançant quelques flèches ironiques contre le quartier gay :

— Pendant qu'on y est, on devrait faire des anthologies de musique gay, des collections de littérature gay, des manuels de cuisine gay…

Les deux autres, désolés, préféraient ne pas entendre. Julien appréciait cette ambiance détendue, libérée, un peu outrancière. Quoique dépourvu de toute tendance exhibitionniste, il admirait le mouvement social qui, en quelques décennies, avait permis aux homos de s'affranchir… Sur un mur sale une affiche sanglante évoquait la guerre de Yougoslavie. L'étudiant entrevoyait avec effroi la montée du fascisme à l'est, de l'intégrisme au sud, la violence, l'intolérance. Puis il se rappelait avec soulagement que les indicateurs économiques confirmaient la vigueur de la relance dans la CEE.

Pour donner du piquant à leur sortie, Michel entraînait parfois ses amis au quai d'Austerlitz. Derrière la gare brillait, en contrebas, l'eau noire de la Seine. Michel descendait sur la berge déserte, franchissait les barrières d'un chantier, suivi par Julien, lui-même suivi par Nicolas, qui les suivait tout en affirmant qu'il ne voulait pas les suivre. On distinguait des monticules de terre, un parking à l'abandon, plein de tranchées et de recoins boueux. Sur l'autre rive du fleuve se dressaient les bureaux de banques et de compagnies d'assurances ; minibuildings en verre fumé dont les lumières se reflétaient sur la rivière morte.

Avançant dans ce paysage glauque au bord de l'eau, Michel s'exclamait :

— Êtes-vous sensibles à cette magie ? On se croirait à Manhattan.

Nicolas ne discernait qu'un morne quartier d'affaires, un terrain vague bien loin de Manhattan. Il avait faim. Des mâles excités en jean-déchiré-crado se croisaient et se dévisageaient dans l'ombre d'un pas rapide ; quelques-uns gémissaient, agglutinés les uns dans les autres au fond d'une tranchée. Julien trouvait l'endroit exotique. Michel répétait : « C'est beau, c'est excitant ! » Il évoquait les catacombes, les premiers chrétiens.

Ayant enfin dîné, dans un restaurant végétarien,

les trois amis achevaient la soirée dans un bar, où les membres du Groupement des étudiants homosexuels se réunissaient pour bavarder, draguer, boire des limonades. Julien retrouvait là ses camarades : Franck (blondinet des Hautes études commerciales, en charge du dossier « Sida » dans un mouvement de jeunes conservateurs), Fabrice (grand brun en maîtrise de droit, en charge du dossier « Sida » dans un mouvement de jeunes progressistes). Les discussions s'animaient dans la pénombre. Julien, le plus joli, était l'égérie de cette troupe de scouts. Michel, distingué par son brio intellectuel, était leur parrain, orientait la discussion, suscitait la contradiction, menait au but.

Nicolas passait pour un sympathisant talentueux, bon journaliste mais timide. Obsédé par les corps, les regards, les silhouettes, il manquait de conviction dans les débats. Au lieu de participer, il buvait bière sur bière, s'ennuyait et finissait par lancer des coups de griffe contre le conformisme gay. Quelques étudiants acceptaient la critique, mais la minceur de ses arguments faisait rapidement retomber la conversation.

Une fois par mois, un écrivain homosexuel était invité à parler de ses œuvres, dans une salle attenante au bistrot. Leur verre à la main, les étudiants interrogeaient familièrement l'homme de lettres qui développait ses positions sur le sida, la communauté gay, le militantisme. Pour la Toussaint, l'association des « Gays retraités » proposa une réflexion sur le thème « Vieillir gay ». Deux sexagénaires souriants — un chauve et un moustachu — évoquèrent leurs loisirs culturels, leurs vacances d'été sur d'autres plages gays. Les questions fusaient. Julien souriait, amusé. En fin de soirée, une invitation fut lancée : les jeunes étaient cordialement invités à une visite du cimetière Montmartre, organisée par les Gays retraités, avec commentaire sur les homos et lesbiennes enterrés dans ces lieux.

VI

Parmi les sujets de réflexion de Michel et de Julien, revenait fréquemment le syndrome immuno-déficitaire acquis, plus connu sous le nom de sida. Ils évoquaient ensemble les divers aspects — médicaux et sociaux — de cette épidémie sexuellement transmissible qui ravageait le milieu homosexuel. Touché dans son entourage, Michel connaissait les souffrances des malades, les différentes phases de l'évolution vers la mort, les espoirs thérapeutiques. Informé des politiques de prévention, il jugeait sévèrement les pouvoirs publics. Découvrant l'arrière-plan culturel de cette tragédie, Julien lisait des romans sur le sida, allait voir des films sur le sida.

Peu après leur rencontre, ils s'étaient rendus ensemble au dispensaire pour une analyse sanguine : un heureux résultat les autorisait à s'adonner sans réserve aux plaisirs de l'amour. Mais ils avaient décidé — par prudence, puis par principe — de maintenir entre eux l'usage du préservatif ; contrainte qui durerait jusqu'à la mise au point du médicament libérateur. Michel éprouvait un mélange de respect et d'humilité vis-à-vis des camarades qui subissaient cette horreur dans leur chair. Le drame qui s'abattait sur le front homo exigeait de chacun un comportement exemplaire. S'il entendait le sujet souillé par des personnes légères, il baissait la voix, prenait un air navré et changeait de sujet.

Il se rendit au grand défilé organisé *contre le retour de l'ordre moral.* Le mois précédent, un réseau de téléphone rose avait été fermé par un juge, à la suite des plaintes d'associations religieuses. Récemment, la police avait inspecté sans ménagement un sauna. Le mot d'ordre du milieu gay était à la vigilance face aux menaces de censure, ravivées par l'épidémie. Le combat continuait face aux tabous antihomos, toujours enracinés dans le monde politique, dans l'Église, dans l'armée… Malgré les réserves que lui inspiraient les excès du militantisme, Michel avançait calmement dans la foule de filles aux cheveux courts, de garçons en shorts moulants qui hurlaient : « Sans téléphone, adieu désir ! Sans téléphone, adieu plaisir ! » La veille, non loin de là, des crânes rasés portant drapeaux tricolores, des prêtres en soutane aux visages d'inquisiteurs brandissaient des statuettes de Jeanne d'Arc en scandant : « Halte à la dissolution de l'ordre moral ! Adhérez au Front national ! »

Moins tourmenté que Michel mais plus concret,

Julien devint en quelques mois un militant du sexe sans risques. Le sida fut, après l'économie, le second combat dans lequel il s'engagea. Adhérent du groupe étudiant Prévention-action-sida, il participa durant tout un week-end au Salon de l'homosocialité. Quelques jours plus tard, il racontait à Michel et Nicolas l'étrange débat auquel il avait assisté, entre les Alcooliques anonymes homosexuels et le mouvement Obésité gay. Michel éclata de rire, démontrant à Nicolas que la lutte contre le cynisme antihomo n'excluait pas le sens de l'humour. Quelques semaines plus tard, Julien donnait un coup de main au stand « Sida » du Salon de l'humanitaire, à la porte de Versailles. Le soir même, il offrait à Michel un tee-shirt blanc, portant en grandes lettres noires l'inscription : « Solidarité contre le sida ».

Voyant son camarade affublé de la sorte, Nicolas ne put contenir un ricanement : « Comme si cela changeait quelque chose d'être *contre* le sida ! » Michel, agacé, tenta de lui expliquer que ces formules, faciles à critiquer, avaient un sens ; qu'elles résultaient d'un malheur, d'une souffrance. Comprenant qu'il retombait dans ses penchants superficiels, Nicolas voulut prouver sa bonne volonté. Il promit d'accompagner Julien, la semaine suivante, à une distribution de préservatifs organisée dans le cadre de la Journée internationale du sida.

Julien et Nathalie, une jeune militante chrétienne lesbienne, composaient la délégation envoyée par Prévention-action-sida au lycée de La Garenne-Raffinerie, dans un secteur défavorisé de la banlieue nord. Julien était passé le matin au siège de l'association, où lui avaient été remis deux sacs en plastique : l'un rempli de contraceptifs ; l'autre contenant un dépliant sur les pratiques sexuelles, édité par le ministère de la Santé. Illustré de photos explicites, ce manuel comportait divers chapitres thématiques sur les pratiques à risques : « l'amour hétéro », « l'amour homo », « sucer/pas sucer », « lécher », « baiser avec une capote, c'est super ! »... Pour endiguer le fléau, les pouvoirs publics, conseillés par les mouvements associatifs et les professionnels de la communication, utilisaient un vocabulaire explicite.

Le rendez-vous était fixé gare du Nord, en début d'après-midi, dans le wagon de tête d'un train de banlieue. Nicolas arriva le premier. Quelques instants plus tard, Julien déboulait joyeusement. Il avait rangé les capotes dans son sac à dos noir et portait, sur sa poitrine, le badge de Prévention-action-sida. Nicolas regrettait déjà de s'être laissé entraîner dans cette expédition. Il s'était vêtu d'un vieux jean et d'un blouson usé, espérant passer inaperçu dans les troubles périphéries urbaines. Comme il ironisait à nouveau sur les actions de bienfaisance, Julien eut un regard fraternel et le rassura :

— Tu n'es pas obligé de participer. Viens en journaliste, fais-toi une idée !

Nathalie arriva, jeune fille aux cheveux courts, vêtue d'un jean et d'un pull de laine, une croix de bois sur la poitrine. Julien lui présenta Nicolas, « un ami reporter ». Elle lui serra la main fortement en demandant :

— T'es gay ?

Dans le train qui roulait vers La Garenne-Raffinerie, les deux militants entamèrent une conversation sur la nécessité d'actions communes entre *pédés* et *gouines* (ils appuyaient entre eux ces termes péjoratifs avec une désinvolture voulue). Engagée sur le terrain social et religieux, Nathalie évoqua les rassemblements des prochains mois : commémoration de la déportation homosexuelle ; manifestation pour le droit d'asile sexuel ; université d'été des Jeunes gays chrétiens... Julien était d'avis de ne pas multiplier les revendications groupusculaires, mais de mieux intégrer les homos dans le monde professionnel. Nicolas, appuyé à la fenêtre, regardait avec inquiétude le train s'enfoncer dans les cités de plus en plus vastes et délabrées. Des deux côtés de la voie, les ateliers en ruine étaient maculés de tags ; des tas d'ordures séparaient les cités-dortoirs. Du linge pendait aux fenêtres de grandes tours-clapiers. Dans le souci d'humaniser la banlieue, quelques hauts murs de béton avaient été hâtivement rafraîchis, barbouillés de couleurs criardes. Julien parlait :

— Selon une étude récente, 8 % des hommes et 3 % des femmes auraient eu, durant leur vie, au moins un partenaire du même sexe…

Le train s'arrêta dans une gare, où des groupes d'immigrés maghrébins et noirs traînaient sur le quai. Les mots harmonieux et clairs qui sortaient de la bouche de Julien — cette recomposition de l'univers selon les sondages, l'économie, les droits de l'homme — semblaient à Nicolas de plus en plus irréels. Le train repartit, franchit une bretelle d'autoroute, un bras de fleuve, une centrale électrique, puis s'immobilisa dans la station La Garenne-Raffinerie. Julien s'écria :

— C'est ici !

Il prit son sac à dos plein de capotes anglaises, tandis que Nathalie s'emparait du sac de fascicules. Nicolas fermait la marche, assez tendu. Ils empruntèrent le passage souterrain pisseux et débouchèrent sur la place de la gare.

À l'horizon s'étendaient d'immenses réservoirs en béton armé : cylindres, cubes, barres rectangulaires, contenant chacun plusieurs centaines d'unités humaines. Quelques avenues désertes, séparées par des terrains vagues, s'enfonçaient dans le no man's land sous le ciel gris. Soucieux d'échapper aux gangs qui, vraisemblablement, sévissaient dans ce ghetto suburbain, Nicolas s'approcha hâtivement d'un plan du centre-ville. Il repéra le lycée technique Pablo-Neruda, situé entre la cité Picasso et le boulevard Lénine. Munis de leur attirail, les trois compagnons s'engagèrent sur la longue perspective dédiée au héros de la révolution. De part et d'autre de la chaussée stationnaient des voitures, auxquelles manquaient parfois les roues. Au pied des grands immeubles, sur les parkings jonchés d'emballages en plastique, passaient des femmes voilées chargées de commissions, qui ne semblèrent pas prêter attention aux jeunes messagers de la santé publique. Longeant la Tour de l'Espoir (dont on discernait mal le nom sur un écriteau rouillé), ils croisèrent deux Arabes qui leur proposèrent du hasch. Julien eut un sourire tolérant pour prononcer : « Non merci ! », tout en poursuivant son chemin. Quelques instants plus tard, au passage de la Tour de la Liberté, ils entendirent des sifflements ; Nicolas, nerveux, conjura ses amis de ne pas se retourner.

Dans l'air planait un parfum industriel rappelant le chou-fleur. À gauche du boulevard Lénine se dressait un centre commercial muré. Julien comprenait mal pourquoi Nicolas paraissait tellement inquiet. Nathalie, de sa grosse voix, poursuivait la causerie politique engagée dans le wagon :

— Moi, lançait-elle, je pense que l'avenir est aux Beurs, aux pédés, aux chômeurs, à tous les défoncés qui sont en train d'inventer une nouvelle culture, une nouvelle spiritualité.

Julien n'était pas d'accord. Il estimait souhaitable une intégration par l'économie. Il prônait le contrôle des flux migratoires.

Nicolas scrutait les menaces à l'horizon.

Ils arrivèrent ainsi, un peu avant quatre heures, aux abords du lycée Pablo-Neruda, dont les bâtiments à deux étages, en matériaux préfabriqués, s'étalaient aux confins de la cité. Nathalie et Julien se mirent en place devant les grilles de l'établissement, en attendant la sortie des élèves. Ayant posé les sacs, ils emplirent leurs poches de poignées de préservatifs, saisirent chacun une liasse de notices d'information et attendirent la sonnerie de la fin des cours.

Paralysé par une force intérieure, Nicolas trouva une justification :

— Je vais garder les sacs pendant que vous distribuez.

Il s'assit sur un muret, non loin des deux autres.

— Tu pourrais nous aider, suggéra Nathalie. Y'a pas de honte !

Julien prit la défense de son ami :

— Laisse-le, répondit-il. Il est en reportage.

Les premiers adolescents qui se présentèrent réagirent bien. Ils se succédaient par vagues, serrés dans leurs blousons, les oreilles enfermées dans des walkmans, et acceptèrent de bonne grâce les préservatifs que leur tendaient Julien et Nathalie, tout sourires. Quelques-uns posèrent des questions. Les deux militants expliquèrent qu'ils étaient présents dans le cadre de la Journée internationale du sida, afin de sensibiliser les jeunes ; qu'ils luttaient pour l'installation de distributeurs de capotes dans les lycées ; qu'en l'absence de telles installations, ils s'efforçaient de fournir les principaux établissements scolaires de la région parisienne. Oubliant sa morosité, Nicolas dévisageait les garçons et commençait à voir, dans cette distribution, un moyen de draguer. Julien lançait, méthodique :

— Qui veut sa capote ?

Puis il ajoutait :

— J'ai aussi un mode d'emploi sur les pratiques sexuelles.

Quelques élèves gênés refusaient le préservatif. D'autres, curieux, s'emparaient du manuel et feuilletaient ces illustrations suggestives de mannequins masculins et féminins en train de se livrer à divers exercices érotico-sanitaires. Tout se déroulait à la perfection quand Nicolas vit approcher, sur le boulevard, un groupe d'adolescents noirs vêtus à la façon des ghettos américains (jeans très larges et très longs s'effondrant sur leurs tennis, sweat-shirts, parkas). Marchant lentement vers le lycée, ceux-ci s'arrêtèrent de l'autre côté de la rue, observèrent la distribution, puis s'approchèrent encore. Ils s'immobilisèrent contre le muret qui entourait l'établissement, à quelques mètres de Nicolas, et commencèrent à parler entre eux, avec de grands gestes et des éclats de voix. Par instants, ils s'interrompaient pour observer Julien et Nathalie. Lorsque le flot des élèves s'espaça, l'un d'eux, grand mince couleur d'ébène, aux vêtements deux fois trop amples pour lui, s'avança d'une démarche balancée vers Julien et lui demanda :

— Je peux en avoir ?

Julien, qui n'avait rien remarqué, proposa un préservatif et le manuel.

— OK, donne-moi tout, dit le Black.

Il retourna en se déhanchant vers ses copains, qui commencèrent à feuilleter ensemble le guide d'information. Soudain, une voix s'écria :

— Hey, c'est un truc de pédés !

Julien et Nathalie eurent un sursaut. Découvrant le groupe qui les observait de loin, ils estimèrent que la modestie s'imposait. Vaguement inquiets, ils s'accrochèrent aux élèves qui passaient, tentèrent d'engager des conversations. Mais le mouvement des lycéens s'épuisait ; les militants se retrouvèrent seuls et le grand Noir se rapprocha de Julien, tout en feuilletant le manuel, et demanda sèchement :

— Pourquoi y'a autant de pédés dans ce bouquin ?

Julien rougit légèrement, puis lança calmement, d'une voix pédagogique :

— Il n'y a pas QUE des pédés. C'est un fascicule du ministère sur les sexualités...

— Les quoi ?

— Les... sexualités plurielles...

— Hey, les keums ! rigola le Black en se retournant vers son groupe : il dit que c'est un bouquin sur les sexualités plurielles.

Le silence retomba. Un Black plus âgé, trapu, à grosse tête de boxeur, s'approcha de Nathalie, lui adressa un bon sourire de sauvage, puis demanda :

— C'est quoi, les sexualités plurielles ?

Soudain, contre toute attente, la militante du métissage culturel et de la contre-culture devint écarlate et furieuse, avant de jeter, dans une brutale revendication d'identité :

— Je suis lesbienne. Et chrétienne. OK ?

Les mots étaient lâchés. Hésitant sur l'attitude à adopter, les deux banlieusards prirent un air théâtral, faussement décontenancé. Ils retournèrent vers leurs camarades, en se déhanchant dans leurs jeans, puis recommencèrent à discuter en argot rapide. Nicolas, qui ne bougeait pas, était demeuré inaperçu. Il évaluait l'étendue du boulevard, la distance jusqu'à la gare, les divers moyens de fuite. Julien se rapprocha de Nathalie et glissa à voix basse :

— S'ils nous emmerdent, on entre dans l'école et on appelle la police. On est en démocratie, non ?

Au même moment, un employé du collège refermait derrière eux les grilles de l'établissement.

Informés par la télévision des ravages du sida, les Blacks semblèrent finalement considérer la capote anglaise comme une bonne cause, malgré la dégénérescence blanche des « sexualités plurielles ». Un émissaire revint vers Julien et Nathalie pour énoncer le verdict :

— On aime pas trop les pédés ici, OK ? Alors laissez vos capotes et foutez le camp, OK ?

Les deux militants se regardèrent, comprirent qu'il serait téméraire d'insister. Julien chercha du regard Nicolas qui murmura :

— On y va.

D'un geste maladroit, il ramassa le sac de dépliants, laissa sur le sol celui des préservatifs. Puis ils se dirigèrent vivement vers la gare, tandis que les Blacks, quelques mètres derrière eux, rigolaient cruellement et criaient :

— Dégénérés... Race d'ep !

Nathalie courait en sanglotant :

— C'est fou de militer contre l'exclusion et de se faire traiter de dégénérés par des immigrés !

Michel conclut le soir même :

— Voici la preuve, s'il en fallait, de la difficulté de faire passer le message de la tolérance, surtout chez ceux qui sont victimes de l'intolérance !

VII

Michel et Julien vivaient ensemble depuis trois mois.

Désireux de se réformer, Nicolas suivait ses deux camarades dans le monde homo où il espérait trouver les clés de l'amour, en se fondant peu à peu dans le « naturel gay ». Au fil des semaines, toutefois, le cynisme renaissait sous le masque de l'effort. En secret, Nicolas se complaisait dans des visions grotesques : comment prendre au sérieux cet idéal amoureux qui hantait Michel telle une midinette ? Son ménage avec Julien n'était, certes, pas plus ridicule qu'un couple ordinaire, mais pas moins. Coucher chaque soir dans le même lit ; explorer leurs petits corps ; aller à l'opéra en compagnie d'autres couples hétéros et homos, bourgeois et intellos. Voter centre gauche, réclamer le droit au mariage et, bientôt, le droit au divorce. Avoir des convictions sociales, politiques, religieuses... Michel voyait partout des homos refoulés ; mais n'était-il pas, lui, un hétéro refoulé ?

Nicolas éclata de rire.

Il y avait pis encore : tandis que le journaliste retrouvait son instinct critique, le jeu de Michel lui paraissait de plus en plus clair. Toujours empressé de l'entraîner dans des situations scabreuses, celui-ci tentait évidemment de constituer un *couple à trois.* Ayant renoncé à séduire Nicolas directement, il utilisait Julien comme appât. Au cœur de ce vaudeville, le charme ingénu de l'étudiant demeurait, en fait, l'unique élément contre lequel Nicolas se sentait toujours désarmé. Comment le séduire ? Comment renverser le jeu et briser ce couple, pour ramener Julien vers lui seul ?

Il pataugeait dans ces sombres dispositions, quand le téléphone sonna. C'était Michel :

— Je ne te dérange pas ?

— Non… non, soupira Nicolas.

La conversation de Michel fut, ce jour-là, si amicale et tellement éloignée des clichés homos que le journaliste se demanda s'il ne s'égarait pas dans des considérations paranoïaques.

Il accepta donc l'invitation de Michel qui voulait organiser chez lui un petit dîner le soir même. Ils se retrouvèrent en fin d'après-midi au musée Picasso, rentrèrent à l'appartement en parlant de peinture. Ils allaient se mettre à table quand Julien arriva de la fac, pimpant, son cartable à la main. Vêtu de son costume gris de bachelor anglais, il embrassa les deux amis et les informa qu'il sortait d'un séminaire sur le marché à règlement mensuel. Michel parut agacé :

— L'économie va bientôt me rendre dingue, moi aussi !

Julien, légèrement vexé, alla dans sa chambre écouter son répondeur. Il revint pour dîner, en bras de chemise. Alors, durant tout le repas, Nicolas constata que les penchants moralisateurs de Michel, loin de s'être éteints, avaient simplement changé d'objet, se détournant de lui pour se reporter sur Julien.

L'harmonie du jeune ménage semblait adopter le style dissonant. À tout propos, Michel reprenait les phrases de l'étudiant pour les corriger. Tout en débouchant une bonne bouteille de vin, il s'en prenait à la légèreté de Julien, à son absence de sens artistique. Il lui montrait en exemple Nicolas, « toujours dans l'incertitude et la recherche ». Il lui reprochait son manque de poésie, dans la vie comme en amour. L'étudiant réagissait tant bien que mal aux attaques par l'indifférence, la plaisanterie et, soudain, par quelques bouffées d'agacement :

— Je suis comme je suis ; si ça ne te convient pas, je peux partir ! conclut-il, provoquant la fureur redoublée de Michel :

— « Je suis comme je suis... » Quelle réponse stupide !

Soudain, tandis que Nicolas tentait de calmer le

jeu, Julien hurla « Merde » et alla s'enfermer dans sa chambre.

Michel, impassible, manifesta un regain de tendresse pour son vieil ami, auquel il offrit du café et des gâteaux. Tout en versant le liquide fumant dans la tasse, il déplorait :

— Julien est trop terre à terre.

Nicolas n'avait rien dit. Sa position d'ami le poussait au rôle de conciliateur. Mais il éprouvait, dans la crise, une satisfaction secrète. Il aurait volontiers jeté de l'huile sur le feu pour achever de détruire ce couple, s'il n'avait risqué ainsi de le resouder. En se montrant bon camarade, il entretiendrait plus subtilement le drame… Michel avait allumé la télévision où se déroulait un débat littéraire. Affalé sur le divan, il suggéra à Nicolas de regarder l'émission. Celui-ci préféra rejoindre Julien, pour « arranger les choses ».

— Je ne peux plus le supporter… Mais fais comme tu veux, répondit Michel, tandis que Nicolas appréciait la justesse de son calcul.

Julien n'était pas dans sa chambre. Entendant un clapotis dans la salle de bains, Nicolas hésita un instant, puis frappa :

— Quoi encore ! gémit la voix de l'étudiant.

Nicolas ouvrit doucement et découvrit dans la lumière blanche, reflétée par les miroirs et les carrelages, Julien affalé au fond de la baignoire, enveloppé d'un nuage de mousse. Ses épaules mates émergeaient de l'eau bleue, dégoulinantes et savonneuses. Quelques mèches de cheveux trempées collaient à son front, dans l'atmosphère moite du cabinet de toilette. Ses yeux rouges semblaient avoir pleuré. Nicolas ressentit une violente palpitation, tout en esquissant un sourire de réconfort :

— Michel est parfois méchant, mais généreux et intelligent.

— Je ne comprends pas, sanglota soudain le jeune économiste... Depuis trois jours, il n'arrête pas de m'engueuler.

Nicolas s'efforçait de fixer Julien dans les yeux, mais son regard était simultanément attiré au centre de la baignoire, où flottait dans la mousse une sorte de mollusque poilu, informe, qui raviva le souvenir du cornichon tordu... La chose, pour l'heure, mollement repliée sur elle-même parmi les morceaux de mousse blanche, ne suffisait pas à atténuer la grâce du baigneur en larmes.

— Je vais me sécher ; passe-moi le peignoir, conclut Julien en reniflant un sanglot.

Nicolas contenait difficilement son émoi. Trébuchant, il attrapa la sortie-de-bain et s'approcha de la baignoire en déployant des deux mains la serviette-éponge, aussi discrètement qu'il put. Il entendit un grand bruit d'eau, aperçut une jambe dégoulinante, puis sentit Julien qui s'enfermait dans le peignoir, entre ses bras. Alors, timidement, il relâcha son étreinte. Julien, reniflant ses larmes, se sécha énergiquement, enfila un slip. Puis il retira le peignoir et s'approcha, torse nu, du miroir, devant lequel il frotta ses yeux tout rouges.

— Quel chagrin ! murmura Nicolas.

Ils se tenaient tous deux côte à côte, au-dessus du lavabo. Julien prit sa brosse à dents, étala un peu de pâte dentifrice blanc et rouge, commença à se frotter la gencive avec application, d'un côté puis de l'autre. Nicolas, mal rasé, le regardait dans le miroir. Changeant brusquement de sujet, Julien bredouilla, en projetant sur la glace des bulles de dentifrice :

— Est-ce que tu trouves que j'ai les cheveux trop longs ou trop courts ?

— Très bien comme ça…

Julien se rinça la bouche sous le robinet. Redressant la tête, il regarda à son tour Nicolas dans les yeux. Soudain, son regard se troubla et Julien, en un instant, redevint la tendre créature romantique. Il serra son visage contre la poitrine de Nicolas. Pendant une minute, ils restèrent immobiles. L'aîné caressait doucement la chevelure de ce prince retrouvé, auquel il espérait prouver enfin son amour. Appuyé contre lui, l'étudiant avouait :

— Je crois que je te préfère à Michel… Dommage que tu ne sois pas un baiseur.

Il releva ses yeux éperdus et l'embrassa longuement sur la bouche.

Les deux corps commençaient à s'abandonner,

quand Nicolas discerna un grincement. Ouvrant l'œil face au miroir, il vit la porte du cabinet de toilette s'entrouvrir derrière lui. Alors, peu à peu, se précisa une vision d'horreur, surgie des profondeurs de l'appartement : Michel, entièrement nu, bandant et bedonnant, tel un grand singe velu chaussé de lunettes, entrait discrètement dans la salle de bains. Tandis que Julien, les yeux clos, se donnait à l'étreinte de Nicolas, ce dernier observait avec effroi dans la glace son camarade qui avançait à pas feutrés, l'air grave et lubrique, en murmurant :

— C'est bien, continuez !

Une abondante toison de poils roux envahissait sa poitrine, son cou, son dos, ses fesses, tout son corps à l'exception de son crâne dégarni. Un sexe rouge, énorme, était tendu entre ses jambes. Julien entrouvrit un œil, puis le referma, indifférent, la bouche toujours appuyée contre celle de Nicolas.

Michel tenta d'abord de s'accrocher au dos du journaliste qu'il enlaça par-derrière, de ses deux bras. Serré contre lui, il s'agita avec des respirations bruyantes, frottant son sexe sur le jean de Nicolas, qui ne savait comment réagir mais éprouvait un vif déplaisir. Tandis que Michel râlait, haletait, se démenait contre ses fesses, Julien, de l'autre côté, demeurait tendre et gracieux. Il offrait ses lèvres à Nicolas, qui se demandait s'il ne s'agissait pas d'un coup monté.

Comprenant que ses efforts restaient vains, Michel relâcha son camarade. Soufflant telle une bête en rut, il vint alors se placer derrière Julien et recommença.

Julien poussa une plainte. Nicolas espérait un mouvement de refus. Mais déjà, Michel baissait le slip de son amant et tendait le bras vers la tablette voisine où il s'empara d'un tube de lubrifiant. Julien appuyait toujours sa bouche contre celle de Nicolas. Michel graissa le postérieur de l'étudiant, puis saisit ses hanches des deux mains et s'enfonça en râlant. Julien poussa un cri. Michel se mit en train furieusement :

— Arrête, arrête ! criait Julien.

— Arrête ! insistait Nicolas.

Le visage de l'étudiant, écarlate, semblait distordu par la souffrance.

— Tu aimes ça, salope, hein ? tu aimes ça ! scandait Michel.

— Oui, j'aime ça, râla Julien, proche de l'extase.

Nicolas n'avait guère envie de participer. Se détachant de Julien, il s'approcha de la porte. Michel se retira alors de sa victime, comateuse, qui bégayait : « Ne t'arrête pas, ne t'arrête pas ! » Sourd à ses appels, il dirigea son regard échauffé vers Nicolas et suggéra :

— Tu pourrais m'enculer.

— Non, ça suffit, je m'en vais.

— Je t'en prie, encule-moi, j'ai très envie…

Ce disant, il s'enduisit l'arrière-train de lubrifiant, puis vint s'agenouiller à quatre pattes devant Nicolas. Il pointa vers lui ses deux fesses, couvertes de poils englués dans la crème, au centre desquelles gisait un petit orifice, tendu par le désir. Retournant son visage lubrique, il répéta :

— Vas-y, s'il te plaît.

Nicolas soupira :

— J'en ai assez de ces histoires. Je voudrais que Julien choisisse.

Il espérait encore un retournement. Michel, toujours accroupi, dressa la tête vers Julien :

— Tu as entendu ?

L'étudiant ouvrit les yeux, resta quelques instants sans parler. Puis il regarda Nicolas de son air innocent et prononça :

— Excuse-moi, Nicolas, mais… je reste avec Michel… Désolé.

VIII

Le ridicule avait assez duré.

Ce soir-là, au moment de s'endormir, Nicolas entrevit la figure simple, solide et généreuse de Cléopâtre, qui l'attendait derrière ses rangées de roses. Depuis combien de temps délaissait-il son amie ? Leurs fiançailles imaginaires étaient-elles moins sensées que la comédie fornicatoire de Michel et Julien ? Il avait envie de lui chanter son amour et prit, le lendemain matin, la direction du marché.

Il faisait gris et froid. La place était envahie par les sapins de Noël. Cléopâtre se tenait devant sa boutique, en compagnie d'un homme d'une quarantaine d'années, trapu, dont le débardeur laissait voir les avant-bras tatoués. Une Harley-Davidson était garée sur le trottoir. Au sourire distant de la fleuriste, Nicolas comprit que ses visites trop fugaces n'avaient plus guère d'importance. Cléopâtre resta assise et ne l'embrassa pas. L'homme au débardeur se contenta d'un salut bourru. Le journaliste, gêné, parvint tout juste à dire :

— Je pensais qu'on aurait pu dîner ensemble...

— À mon retour, peut-être, répondit Cléopâtre... Je pars la semaine prochaine avec Rocky en Californie.

Nicolas se dirigea vers son bureau, les larmes aux yeux. Puis il se plongea rageusement dans son éditorial.

Quelques jours plus tard, Julien téléphonait pour prendre des nouvelles. Nicolas réagit sèchement. Soucieux de marquer son indifférence, engagé dans un plan général de résistance à l'amour, il se contenta de répondre :

— Je vais très bien. La solitude me convient à merveille !

Julien changea de ton pour se lancer dans une litanie plaintive. Depuis la scène de la salle de bains, Michel s'était montré de plus en plus désagréable. L'étudiant, absorbé par la préparation de ses examens, ne supportait plus cette agression permanente. Il avait décidé de réintégrer provisoirement son studio.

Nicolas éprouva une vive satisfaction mais garda le silence. Il entendait rester sourd aux appels sentimentaux. Julien, retrouvant un ton charmeur, affirma que, durant la soirée fatale, il aurait dû choisir le parti du journaliste.

Nicolas faiblit un instant puis reprit son contrôle et laissa un nouveau silence. L'étudiant, gêné, finit par raccrocher. Alors, seulement, le journaliste éclata de rire, satisfait de voir la créature se plier à sa loi. La victoire se dessinait, au moment où tout paraissait perdu. Soulagé, revigoré, enivré par une illusion de puissance, il rappela Julien une heure plus tard pour l'inviter à la fête donnée le lendemain soir chez son ami James, dans un hôtel particulier de la rue du Bac ; une fête chic qui risquait d'être amusante. Enchanté, l'étudiant en économie demanda comment il devait s'habiller :

— Simplement !

Ce que Nicolas appelait l'« hôtel particulier » de James était en fait un appartement, au troisième étage d'un ancien hôtel particulier. Deux ou trois fois par an, le riche Américain qui avait entraîné Nicolas au Boy, le soir de sa rencontre avec Julien, organisait chez lui une fastueuse réception.

Nicolas et Julien franchirent le porche sculpté, sur lequel trônait un vieux Bacchus rongé par la fumée des automobiles. La cour pavée était dominée par un bâtiment du XVIIe siècle. L'escalier de pierre conduisait à la porte de l'appartement, derrière laquelle James accueillait ses invités, un verre de vodka glacée à la main.

Grand et souriant dans son costume trois pièces, la chevelure noire coiffée en arrière (une mèche brillante retombait artistiquement sur son front), il avait l'air d'un jeune homme, malgré ses soixante ans : l'effet, prétendait-il, de pilules vitaminées, scientifiquement dosées par un spécialiste de San Francisco… James tendit à Nicolas sa longue main, tout en s'exclamant :

— Il y a vingt kilos de homards vivants qui viennent d'arriver !

Il considéra avec intérêt Julien qui avait revêtu son costume gris d'étudiant anglais :

— Très heureux de vous connaître… j'espère que cette soirée sera très amusante… Prenez un peu de champagne… J'ai beaucoup entendu parler de vous !

— Vraiment ? s'exclama Julien.

Nicolas (dans son costume pied-de-poule élimé qu'il tenait pour le comble du bon goût) entraîna l'étudiant dans un dédale de meubles en marqueterie, tissus précieux, tableaux anciens. Dans la bibliothèque s'alignaient des rangées de vieux ouvrages reliés. James laissait traîner sur les tables des magazines de décoration représentant son propre appartement. Quelques photos encadrées évoquaient les fêtes excentriques au cours desquelles étaient passées, chez lui, les rock stars des années soixante.

Issu de la haute société bostonienne, James n'avait jamais travaillé, mais il se livrait temporairement à des « hobbies » qui occupaient toute son énergie. Il avait arpenté le monde pendant deux ans, à l'affût de toute production d'opéra italien. Puis il s'en était désintéressé totalement, pour reporter son dévolu sur les plantes grasses, explorer les serres et les déserts, désigner chaque végétal par son nom latin. Avaient suivi l'année des régimes diététiques, l'année de l'archéologie et, maintenant, l'année de l'astrologie dont il se procurait depuis quelques mois les manuels spécialisés, édités dans toutes les langues... Pour le reste, ce noctambule se levait le soir, se couchait le matin, passait le plus clair de son temps entre sa baignoire, ses téléphones, ses gadgets électroniques et l'écran géant du téléviseur, devant lequel il s'affalait parfois en compagnie d'un gigolo, en affirmant :

— Un jour, je partirai avec ma machine à écrire. Je m'enfermerai dans un petit hôtel de banlieue et je resterai là, seul, à rédiger mes Mémoires.

Les invités se déplaçaient du salon à la salle à manger, de la salle de musique à la bibliothèque. Nicolas salua Abdul, un sympathique rentier égyptien qui passait par Paris lors des fêtes de James ; il embrassa Solange D., l'épouse du cinéaste, toujours élégante et ivre. Julien déchiffrait les visages et les usages du monde, tandis que Nicolas, dans un accès de snobisme, dégustait sa victoire : n'offrait-il pas à l'apprenti financier un spectacle plus excitant que celui du militantisme gay ? Flattant l'ambition sociale du jeune homme, il supposait que ses relations avec une société brillante le mettaient lui-même en valeur.

Ils allaient d'une pièce à l'autre, leur verre à la main. Ceux que l'étudiant avait rencontrés un quart d'heure plus tôt revenaient bavarder avec lui comme s'il faisait partie de la famille. Emporté par cette atmosphère conviviale et futile, Julien avait le sentiment de plaire par l'éclat de ses qualités physiques et mentales. James revint et lui glissa à l'oreille :

— Je vais vous présenter le fils d'une grande famille d'Angleterre…

Il l'entraîna vers un garçon aimable et joli, futur lord aux cheveux longs qui engagea la discussion dans un bon français. Le jeune aristocrate demanda au financier en herbe s'il voyageait beaucoup. Modeste mais sûr de lui, Julien paraissait plus séduisant encore.

Une cloche sonna et les convives s'installèrent à la grande table, où le dîner fut servi. James invita Julien à s'asseoir à sa gauche. L'étudiant semblait parfaitement à l'aise en mascotte du beau monde. Une vingtaine d'invités se serraient autour des chandeliers. Trois serveurs indiens, coiffés de turbans, apportèrent un plat de grives farcies. James expliqua d'une voix forte comment il avait passé l'après-midi à concocter, par des opérations complexes, une farce légère aux herbes fraîches. Les serveurs apportèrent ensuite les homards, accompagnés d'un chablis.

La conversation se divisait, se resserrait par petits groupes, se disloquait, s'interrompait parfois tout autour de la table dans un silence gêné, avant qu'une voix courageuse ne relance un sujet qui ravivait l'excitation générale. Il fut question d'astrologie chinoise, dont l'un des hôtes se disait spécialiste : gros homme au crâne rasé, le visage en sueur, le torse serré dans une tunique, il affirmait sur un timbre fluet :

— Le bœuf est le premier animal à arriver devant Bouddha.

— Pas du tout, coupait James. C'est le tigre qui, d'après certains traités chinois, est le véritable roi de l'astrologie.

— Le rat, prétendait un autre.

Chacun affûtait ses arguments, tandis que les serveurs apportaient des salades. Efficaces et impassibles, les trois Indiens changeaient les assiettes après chaque plat. Complètement ivre, le gros homme en tunique de soie s'écria de sa petite voix :

— Sais-tu, James ? Il faudrait organiser une tombola, dont le prix serait une nuit avec tes serveurs. Tes Indiens ont des culs superbes !

Des rires fusèrent. James affirma avoir trouvé ces garçons à New York. La boisson coulait. Julien discutait avec le maître de maison ; Nicolas observait, se réjouissant à distance que le charme de son fiancé produise un si bon effet. Avec un plaisir mêlé d'étonnement, il vit soudain Julien saisir sa coupe *pleine de champagne*, la porter à sa bouche et avaler quelques gorgées. À l'issue d'une longue épreuve, Julien s'abandonnait !

Au café, le gras astrologue s'absenta un instant, tandis que les serveurs dégageaient la table. Lorsqu'ils eurent terminé, James se leva pour demander le silence. À travers les murs (dont le tissu dissimulait des enceintes acoustiques), on entendit monter une musique de ballet de Tchaïkovski. La lumière diminua et les convives virent réapparaître, éclairé par un projecteur, le gros homme chauve vêtu d'un tutu rose. Tandis que l'orchestre jouait et que les invités observaient, hilares, il grimpa sur une chaise, puis se dressa maladroitement sur la table, avança ses gros pieds chaussés de pointes et esquissa un *pas de deux*. Il lançait ses cuisses en rythme d'un côté puis de l'autre, les yeux exorbités ; ses bras adipeux prenaient des attitudes de danseuse étoile. À la fin du morceau, des voix s'écrièrent : « Bravo ! » Assis à sa place, James, ivre de rire, tordu par les sanglots, était au bord de l'apoplexie. L'homme enchaîna divers pas de danse, tandis que le public se désintéressait et recommençait à se disperser, champagne en main, dans les recoins de l'appartement.

D'autres invités arrivèrent apres le dessert. Vers deux heures du matin, Nicolas et Julien se rendirent dans le salon de musique. Un convive pianiste s'assit devant le « Steinway de Vladimir Horowitz » : James prétendait avoir fait venir ce piano des USA, par bateau, après la mort du virtuose. Le pianiste, amateur très brillant, joua une *Rhapsodie hongroise* de Liszt, puis il attaqua la *Polonaise héroïque* de Chopin.

Le public se serrait autour du clavier. Des torrents de notes déferlaient, attirant les admirateurs. Au début du « staccato » de la *Polonaise*, trois moustachus musclés, vêtus de cuir, entrèrent dans le salon. Tandis que le pianiste dévalait une monstrueuse gamme en octaves, James affirma discrètement à Nicolas que le plus gros des moustachus — quinquagénaire en blouson noir portant un collier clouté — était « l'homme le plus important d'Hollywood ». La *Polonaise* défilait en cascades d'accords. L'homme à collier clouté, appuyé contre la queue du piano, enlaçait un grand Teuton chauve, gonflé par la musculation. Ils se susurraient des mots doux, exhalaient des soupirs. Soudain, tandis que Julien et Nicolas suivaient, médusés, le galop des doigts sur le clavier, ils entendirent, fortissimo, « l'homme le plus important d'Hollywood » commenter la *Polonaise* :

— La dernière fois que j'ai entendu ça, c'était

dans un salon privé (il insista sur ces mots), à New York (il prononça ostensiblement New Yoaaaark), dans les années soixante…

James fumait cigarette sur cigarette, les yeux braqués sur le piano. L'interprète jouait de plus en plus vite, de plus en plus fort. Chopin exultait. Alors le petit homme en cuir s'exclama une seconde fois, dans un râle :

— Tu peux pas savoir, ce que c'était à New York, dans les années soixante… Cette musique, ça faisait scandale dans les salons privés !

Il insista cette fois sur les mots « années soixante » et « scandaaaale ». Enfin, comme le pianiste donnait tout son brio, dans l'excitation nocturne de l'hôtel particulier, déferla dans l'esprit de « l'homme le plus important d'Hollywood » toute une mythologie qui l'autorisa à hurler :

— Cette musique, c'est *révolutionnaiiiiire* !

Satisfait de sa tirade, il se dressa vers le Teuton musclé qui se pencha vers lui, et les deux machos à boucles d'oreilles s'embrassèrent voluptueusement sur la bouche.

À trois heures du matin, Nicolas, complètement saoul, voulut rentrer dormir. Il se retourna vers Julien, qui n'était plus là. Faisant le tour de l'appartement, il finit, en titubant, par retrouver son amant dans la bibliothèque, où James conversait en compagnie de vieux amis américains. Assis parmi eux, toujours frais (une seule mèche défaite glissait à présent sur son front), le jeune homme montrait son habileté dans la langue américaine. Appelant Julien à l'écart, Nicolas susurra, le visage défait, l'haleine chargée d'alcool :

— On rentre ?

Dans le regard du journaliste passa une grimace d'espoir libidineux. Alors Julien, le regardant de son air innocent, articula :

— Excuse-moi, Nicolas, mais... je reste avec James... Désolé !

IX

Nicolas décida une nouvelle fois de changer de vie. Mais sa vie ressemblait de plus en plus à la caricature de ce qu'il fuyait. Quelques semaines après la fête de James, découvrant sur une publicité illustrée un corps d'éphèbe dénudé, propre à lui rappeler sa solitude, il succomba à la tentation : aguiché par l'appât photographique, il se rendit, le samedi suivant, à la *Gay Night* du cirque d'Hiver.

Il était minuit. Sur le boulevard parisien, devant l'ancien temple des acrobates et des concerts populaires, se pressait la foule pour accéder aux jeux de la sexualité affranchie. Alignés sur le trottoir, des centaines de clients attendaient leur tour pour acheter un ticket d'entrée. Parfois s'arrêtait la voiture d'un gay médiatique, venu apporter son soutien : il entrait par l'allée officielle. Nicolas remontait plus modestement la file d'attente. Dans un état d'inhabituelle excitation, il avait enfilé un jean serré et un débardeur blanc. Oubliant tout homoscepticisme, il entendait s'abandonner à une frénésie sexuelle trop longtemps combattue. Sous le regard des badauds, il éprouvait une vague fierté d'appartenir aux 10 % plutôt qu'aux 90 %. Il passa le guichet. Soudain, écrasé dans la foule qui envahissait les coursives du bâtiment, sous la lumière des néons, il constata qu'il appartenait, simplement, au vaste peuple homo.

Il s'avança dans l'arène, parmi d'innombrables corps suants, sous un déluge de musique techno. Des projecteurs balayaient la piste aux étoiles, où des centaines de danseurs torse nu faisaient rouler leurs muscles. Certains participants dansaient laborieusement ; d'autres semblaient excités comme des enfants, heureux entre eux. Stimulés par une excitation religieuse, ils célébraient leur culte érotique. Les slips affriolants, les effluves synthétiques des drogues aphrodisiaques avaient pris le relais des ors et encens, dans cette liturgie fin de siècle. Vêtus de shorts râpés qui moulaient leurs culs bénis, les branchés célébraient le paradis sexuel. À la place de l'orchestre du cirque se tenait le disc-jockey, torse nu lui aussi. D'un mouvement archaïque et moderne, il faisait tourner les platines avec ses mains, mixait en direct les sources sonores et lançait, comme un prêtre, les litanies de la *dance music.*

Appuyé contre un gradin, Nicolas exhibait timidement les rondeurs qui gonflaient son pantalon.

Comme deux folles maquillées s'arrêtaient pour l'observer, il se sentit gêné et adopta une attitude plus discrète. Il traîna un moment dans les étages du cirque où des couples s'étreignaient dans l'ombre. Dans un recoin, deux hommes évoquaient gravement différentes interprétations de la *Tétralogie*. Au-dessus de la foule s'étendait l'antique voûte du cirque d'Hiver : lustres, colonnes dorées, peintures bleu et rouge d'une fête oubliée. Les rythmes frappaient fort. Quand la musique était bonne — ce qui arrivait, parmi les déferlements de *house*, dès que le riff d'un piano donnait aux rythmes une respiration fiévreuse —, Nicolas redescendait vers la piste ronde et se déhanchait parmi les danseurs. Il s'adonnait à sa passion de la musique syncopée, décochait une œillade langoureuse à un voyou égaré.

Soudain la sono s'interrompit. La foule s'immobilisa, tandis qu'un speaker avançait sur scène. D'une voix suave, l'homme annonça dans son micro la célébration en public du premier mariage homosexuel, sous la bénédiction des *Sœurs de l'espérance et de la charité*, un groupe de folles déguisées en carmélites. Le gag éveilla dans la salle une vague de rires, un élan de curiosité, et l'on vit apparaître sur l'avant-scène un mâle moustachu d'une cinquantaine d'années et un garçon fardé qui se tenaient par la main, souriaient, prenaient des poses et s'embrassèrent sur la bouche, sous l'aspersion du bénitier de *Gay Magazine*.

Nicolas avait l'impression d'être dans un club de vacances. Son regard à l'affût s'arrêta un instant, dans le public, sur deux créatures d'une vingtaine d'années qui levaient la tête vers la scène, les yeux pleins d'émotion. L'un était blond, l'autre brun. Leur enlacement harmonieux et discret contredisait les visions grotesques du couple gay. Appuyés l'un contre l'autre, jambes légèrement pliées, main dans la main, deux jeunes gens beaux, simples et modernes écoutaient le discours d'un militant sur le Contrat d'union civile. Et Nicolas ne pouvait détacher son regard de ces deux amants à l'image féerique, quasi publicitaire.

Après la cérémonie, le marié moustachu entonna au micro une parodie de chanson sentimentale. La salle attendit la fin de l'intermède comique, puis reprit sa danse avec une ardeur ouvrière jusqu'au matin (car demain c'est dimanche). La machine musicale se remit en marche. Les corps se déhanchèrent. Nicolas demeurait immobile, le regard rivé sur ces deux pastoureaux. Étaient-ils vrais ? Étaient-ils faux ? Corps élancés, attitudes naturelles et contrôlées, regards paisibles. Ils se dirent quelques mots dans le creux de l'oreille, se regardèrent en souriant, puis finirent par disparaître, main dans la main, dans la houle humaine, tandis que le journaliste errait à nouveau, pensif, dans les coursives du vieux bâtiment.

Au fond des écuries, des paquets d'hommes s'affairaient dans le noir; des écrans vidéo diffusaient des films pornos. Serrés au fond des boxes à chevaux, des mâles se branlaient, suçaient, sodomisaient. Jeux lubriques et sexes obscurs. Passant parmi ces râles, ces succions, ces mastications, ces soupirs, ces geignements, Nicolas eut l'impression bizarre de se trouver dans un abattoir.

Ressortant hâtivement, il tomba nez à nez sur Michel. Les deux amis, qui ne s'étaient pas rappelés depuis l'épisode de la salle de bains, marquèrent une demi-seconde de surprise, avant d'affecter un air détendu. Michel embrassa Nicolas puis l'informa qu'il venait de branler une énorme bite :

— Jamais vu un tel flot de sperme. Incroyable!

Ils s'avancèrent vers la buvette, dans un hall bruyant où bavardaient d'autres centaines de gays. Michel exposa à Nicolas son idée de créer des « conservatoires du sexe » où l'on enseignerait la pratique amoureuse, des classes de masturbation au cours de pénétration, en passant par la fellation, etc. Les élèves pourraient échanger leurs performances :

— J'ai eu 12 sur 20 en sodomie active. Et toi?

Il rit bruyamment, puis évoqua l'idée d'une fête nationale du sexe. De sujet en sujet, de plaisanterie en gravité, Michel glissa ensuite vers le thème de l'« oppression » et mit en garde Nicolas contre un optimisme excessif : comment oublier les mille humiliations subies chaque jour, la dureté de la vie des homos de province, les problèmes d'héritage, de sécurité sociale, l'impossibilité de s'affirmer en tant que pédé au sein de l'armée ?

De Julien, il n'était pas question. Michel exagérait ostensiblement, alignant tous les propos susceptibles d'agacer Nicolas. Celui-ci se contenait ; mais le ton liturgique de l'épître finit par éveiller dans sa bouche un slogan dérisoire :

— Vous qui souffrez de la discrimination des gays, venez vous discriminer ensemble au cirque d'Hiver ! Cinquante francs l'entrée !

Michel eut une moue de dégoût :

— Regarde-toi plutôt : célibataire vieillissant, en débardeur et cul moulé, venu à la *Gay Night* dans l'espoir de baiser…

— Au moins je ne me plains pas : les homos n'ont jamais été autant aimés, respectés, libérés, rétorqua Nicolas.

— Tu es bien la preuve du contraire, poursuivit Michel, agacé.

Revenant au sida, il insista sur les responsabilités politiques et médicales ; il évoqua la Shoah, la légèreté des intellectuels juifs qui, dans les années trente, avaient refusé de mesurer la menace ; il vanta l'efficacité des groupuscules de lutte et des manifestations contre l'épidémie. Nicolas fit le naïf :

— C'est un peu comme si l'on manifestait contre la mort !

Soudain, au milieu de la foule massée près du bar, Michel poussa un cri et balança son verre de gin-tonic au visage de Nicolas. Puis il disparut d'un pas rapide parmi les corps, tandis que le journaliste restait seul, hébété. Des têtes s'étaient retournées. Sa chemise était trempée. Des gays souriaient, pensant qu'il s'agissait d'une scène de ménage. Nicolas songea qu'il s'agissait effectivement d'une scène de ménage.

À peine avait-il repris conscience que Michel revenait, accompagné de deux videurs. Furieux, le grand blond désigna du doigt l'individu qui, en pleine *Gay Night*, insultait publiquement les homosexuels. Afin d'éviter toute complication, ceux-ci prièrent poliment l'intrus de sortir. Incapable de réagir, Nicolas les suivit, l'air stupide. Avec un certain soulagement, il respira l'air frais du boulevard et poursuivit sa nuit en déambulant sur les trottoirs.

QUATRIÈME PARTIE

Sometimes I'm happy

I

Le Boeing 747 tournait au-dessus de la capitale, avant d'atterrir sur la piste d'Orly. Paris brillait sous le soleil comme un petit théâtre, traversé par le ruban argenté de la Seine. On discernait nettement, depuis cette altitude, la ville légendaire : ce scintillement de pierre blanche et de toits de zinc, cette unité variée du style, cet équilibre des rues et des boulevards, des jardins et du fleuve baignant dans le bleu du ciel. Il se dégageait du spectacle, vu d'en haut, une effusion de richesse harmonieuse : cette *douceur de vivre* que certains voyageurs viennent encore chercher ici.

L'avion descendait vers le sol. La ville légendaire disparut peu à peu, laissant grossir sous la loupe la ville réelle et ses faubourgs, lotissements, parkings, voies rapides, cités, centres commerciaux… Les oreilles de Nicolas s'étaient complètement bouchées sous l'effet du changement de pression. De retour d'un colloque à New York, il arrivait à Paris, mais flottait encore à Manhattan, euphorisé par son séjour sur la 57e Rue, en pleine forme malgré la nuit trop courte entre deux passagers, dans cet horrible appareil de la Continental Airlines. Tournant dans le ciel, il avait le sentiment de vagabonder toujours là-bas, sur ces avenues où il venait de marcher pendant dix jours, dans cette ville belle et déglinguée, ce grand tohu-bohu, ce monde sans fard ou d'un fard tellement voyant, coulant, exubérant, craquant de partout.

Le Jumbo atteignit la piste, inversa la poussée des réacteurs, puis se dirigea lentement vers l'aérogare.

Nicolas prit un taxi. Traversant les banlieues puis le boulevard périphérique, il trouva les buildings petits et laids. Il préféra s'enfoncer bientôt sous les marronniers des boulevards parisiens. Atteignant les rues de son quartier, il remarqua que d'innombrables pharmacies donnaient à ce secteur la tranquillité d'un dispensaire.

De retour chez lui, Nicolas posa les bagages, écouta les messages sur le répondeur, ouvrit quelques lettres. Puis il dévala la butte Montmartre, prit le bus et alla se promener le long de la Seine.

L'après-midi était suave. Le Pont-Neuf, les immeubles de la pointe de l'île de la Cité scintillaient au-dessus de l'eau dans une poudre de lumière. Des feuillages printaniers prêtaient au fleuve les reflets vert calme d'une rivière de campagne. Nicolas contempla les murs chauds et silencieux de vieilles pierres, l'exacte proportion des hauteurs. Le centre de Paris semblait recouvert d'un voile de beauté ancienne. Le voyageur mélancolique planait encore au-dessus de l'Atlantique. L'air était doux. Une chanson de Billie Holiday tournait dans sa mémoire, tellement triste et légère : *Sometimes I'm happy*... Il s'assit sur le pont, regardant les contours flous de Lutèce, les dialogues silencieux du ciel et des toits. Épuisé par la nuit trop courte, il ressentait ce geste profond de l'émotion ; cette fatigue qui anime dans la poitrine et dans le regard une perception plus intense, ce frémissement qui envahit le paysage.

Retournant vers la rive droite, il changea brutalement de registre. Le soleil brillait sur les embouteillages. Les moteurs grondaient ; des gardiens de la paix tentaient de canaliser la circulation dans les rues trop étroites ; des coups de klaxon éclataient par grandes déflagrations, comme des crises nerveuses. Sur les trottoirs s'agitaient des corps pressés entre le bureau, la cantine, les commissions.

L'Hôtel de Ville était entouré de barrières métalliques. Des hommes en armes gardaient la place de Grève, interdite au public. Mesures de sécurité. Une dizaine de cars de policiers stationnaient le long du quai. Quelques recrues en bottes et gilets pare-balles portaient d'un véhicule à l'autre des plateaux-repas. C'était l'heure de la pause, la récré des enfants à fusils et à moustaches. Ils avaient l'air contents, munis de leurs barquettes en aluminium.

Nicolas s'enfonça dans le quartier du Marais. Partout, les enseignes dorées de magasins disparus — boucheries, boulangeries, cordonneries — avaient été conservées en devanture de boutiques de souvenirs, restaurants pour touristes, galeries d'art, bureaux de change. Sur une place entourée de grillages, des bulldozers s'activaient dans le vacarme et la fumée. Une énorme foreuse jaune, puissante comme une locomotive, perçait la cavité d'un parking. Des panneaux d'information expliquaient que tout serait mis en œuvre pour reconstituer intégralement la vieille place, où seraient plantés bientôt des arbres, des bancs en plastique et des toilettes automatiques.

Dominant le chantier, un immeuble orné de corniches avait été totalement vidé, à l'intérieur de ses quatre murs. Supprimant les appartements, éliminant les étages, des machines avaient creusé un trou dans le bâtiment, dont seuls les côtés — quatre murs immenses — étaient maintenus par des armatures métalliques. Après avoir extirpé le contenu de l'habitation, les ouvriers reconstruisaient, à l'intérieur, un supermarché d'informatique, fidèle, de l'extérieur, à l'apparence d'un immeuble parisien.

Nicolas demeura un instant songeur devant cette

entreprise bien intentionnée ; cette transformation de Paris en momie de ville ancienne, pleine de substance moderne ; cette ardeur rénovatrice qui modifiait l'usage, mais semblait concéder aux formes du passé l'avantage de la beauté.

II

Quelques semaines après son retour, Nicolas reçut une invitation pour une fête à la piscine Deligny. Son nom, répercuté de liste en liste par les fichiers informatisés, avait été sélectionné pour cette partie très spéciale intitulée CRAZY NIGHT. Quelques mots clés jetés sur le carton, dans une langue franco-américaine, donnaient le ton de la soirée : « House garage », « Disco 70's », « Sexy fun ». Cette nuit était organisée, pour fêter les beaux jours, par plusieurs associations de jeunesse homosexuelle : Adolescence gaie, Sœurs lesbiennes, Jeunes gays du Val-de-Marne.

Nicolas avait fini par admettre qu'il n'accéderait jamais au parfait naturel de l'affranchi moderne. Il décida toutefois de se rendre à Deligny : d'abord parce que l'endroit lui plaisait, ensuite par curiosité, et peut-être encore dans l'éventualité d'une amourette.

Vers onze heures du soir, il arriva à pied devant

la vieille piscine parisienne flottant sur la Seine, amarrée près de la Concorde. Construits à la fin du XIXe siècle sur une couple de péniches, les Bains Deligny furent l'une des plus jolies inventions de cette ville ; l'une des rares qui, un siècle plus tard, n'avaient pas été transformées en musées, mais assuraient toujours leur fonction vitale : offrir aux citadins les plaisirs du bain dans un décor de théâtre. Autour du bassin en plein air, où jaillissait une cascade d'eau fraîche javellisée, s'élevaient deux étages de coursives bordées de barrières peintes et de colonnes de fer forgé. Au bord de l'eau, une grande plage de planches permettait de s'allonger au soleil. Cette création de la Belle Époque, joyau de l'art de vivre urbain, abondait en détails artisanaux, manufacturés et peu fonctionnels. On savait aujourd'hui construire plus vite, plus grand, plus pratique, plus rentable. On n'aurait su faire aussi joli, fantaisiste, ludique.

Une file d'attente s'était formée sur la berge, près du ponton d'accès à la piscine. Les participants étaient, dans l'ensemble, plus âgés que ne le laissait supposer le carton d'invitation. Sous leurs chevelures rases de prisonniers récemment libérés, tous ces célibataires papotaient joyeusement. Beaucoup étaient vêtus de jeans noirs déchirés, de tee-shirts arborant des slogans homos et autres manifestations vestimentaires d'affranchissement, pour le soir. Devant Nicolas, deux garçons coiffés de casquettes de base-ball parlaient fortement de baiser et de boulot. Près du guichet d'entrée était disposé un *Point Cap* (« point capotes ») orné de dessins rigolos, machine conviviale, fraternelle et automatique qui distribuait les préservatifs pour un franc pièce.

Nicolas tendit son carton au videur, passa la barrière et se retrouva au cœur du beau théâtre antique. Le bassin d'eau bleue luisait sous le ciel noir étoilé. D'un côté de la piscine se dressait un bar de casino ; de l'autre s'étendait la plage de planches et, plus haut, tout autour, les balcons d'un opéra à l'italienne, abritant comme des loges d'innombrables cabines de bain. Dans ces escaliers et ces allées superposées déambulaient des garçons à la recherche d'autres garçons.

Le joli du lieu était accentué, ce soir, par un contraste particulier. L'été, dans les accablements de chaleur, il arrivait à Nicolas de se baigner ici. Les corps nus, bronzant et nageant sous le soleil, lui apparaissaient alors comme de simples corps nus sous le soleil. Mais cette nuit, cette foule de looks masculins entre eux, ces êtres en vêtements sombres, jeans troués, lunettes noires, ces chevelures rases coiffées de casquettes américaines, ces barbes volontairement négligées, ces narines portant des anneaux lui faisaient l'impression d'une secte primitive répandue dans le vieux théâtre. Ces mâles vêtus de noir (pourquoi donc étaient-ils vêtus de noir ?), ces vêtements déchirés et usés (pourquoi ces pantalons étaient-ils déchirés ?), la techno dont il entendait le martèlement près de la piste de danse, tout cela évoquait un jeune peuple barbare rassemblé dans les restes de Paris.

Deux mondes glissaient l'un sur l'autre. La sophistication légère de l'ancien décor s'opposait à l'apparence sommaire des corps noirs et déchirés. Les garçons buvaient des verres, se draguaient, s'embrassaient sauvagement, dansaient sur la musique mécanique, vêtus de camisoles délavées, tachées de sperme et de sueur. Et Nicolas se rappelait les tableaux d'Hubert Robert, représentant Rome après la chute de Rome : ces vestiges antiques dressés dans la vie quotidienne, s'effondrant lentement sous la poussée de la nature ; ces villas ruinées ; cette population larguée, commerçant dans les résidus de l'Empire, accrochant son linge aux colonnes des temples : *Le portique d'Octave servant de marché aux poissons.*

La techno scandait brutalement la nuit d'époque. Le journaliste regardait les danseurs s'entrechoquer entre les colonnes sculptées, au son de tam-tams électroniques. Ce n'était pas le spectacle décadent de la fin du monde, mais l'affreux spectacle du début d'un monde ; un nouveau monde qui attirait Nicolas parce que, de l'ancien, ne subsistaient que des cimetières. Il demeurait fasciné par cette expansion, sur le cadavre d'une autre vie.

Sur la plage, à l'écart de la piste de danse, se tenait un groupe de jeunes gens soignés dont les vêtements tranchaient sur les looks ravagés des prophètes gays. Bavardant en petit comité, ceux-ci portaient vestons, costumes et cravates. Leur style de businessmen occidentaux n'avait, au demeurant, rien de plus rassurant que le nouveau genre primitif. Plutôt se complétaient-ils comme deux tribus ; et l'inquiétude de Nicolas vira à l'émoi quand il reconnut de dos, parmi trois camarades en train de discuter, la silhouette de Julien.

Palpitation. Angoisse... C'était bien lui, svelte dans son costume gris de futur expert financier. C'était lui, tellement à l'aise, étranger par nature au tourment, que le journaliste, déjà prêt à tout pardonner, eut un élan spontané dans sa direction. Puis, songeant à la monstruosité morale de Julien qui, sans doute, n'avait conservé de leur histoire qu'un mince souvenir, il décida de rester calme et s'approcha discrètement, poussé par la curiosité. Appuyé contre une colonne, il écouta les propos de ce comité.

Timbres vifs, conquérants, sympathiques et clairs, les trois gays juniors parlaient des prochaines élections à la présidence du Groupement des étudiants homosexuels. Un jeune politicien d'une vingtaine d'années expliquait aux deux autres, avec une clarté médiatique, l'importance de l'enjeu (d'après ce qu'avait expliqué Julien à Nicolas, quelques mois plus tôt, deux tendances s'opposaient au sein de l'association : l'une, de type sexuel revendicatif, tendait à faire du GEH un groupe gay militant ; l'autre, néolibérale, à laquelle appartenaient Julien et ses proches, souhaitait s'en tenir à un club d'échanges et de réflexion ouvert sur le milieu intellectuel et le monde de l'entreprise. Ceux-ci affichaient un profil discret et se voyaient parfois accusés par leurs rivaux d'être des « honteuses »). Nicolas contemplait, de dos, la ligne gracieuse de son ami. La discussion s'animait :

— En tant que *jeunes gays*, disait le politicien, nous ne pouvons prendre le risque d'une scission. Notre candidat ne doit pas être marqué par des positions trop tranchées.

— Alors ça ne peut pas être toi, répondit un blondinet à taches de rousseur, qui semblait sorti d'un pensionnat catholique.

— Il ne faut pas non plus négliger l'aspect physique, reprit l'autre. Les adhérents voteront plus facilement pour un garçon sexy.

— Et Julien ? dit le blond. Il est mignon, il s'exprime bien. Il n'est pas compromis…

Il y eut un silence. Puis Nicolas reconnut ce rire clair, tintant comme la poésie même du monde nouveau. Cette conclusion sobre :

— Désolé, les mecs, j'ai trop perdu de temps avec ça. Je ne veux plus sacrifier mes études à l'assoc...

— Reparlons-en tout à l'heure, décida le politique. Et allons danser.

Les trois jeunes gens s'approchèrent de la piste. Les suivant à distance, Nicolas perdit leur trace dans la foule. Aussitôt, le besoin de parler à Julien devint plus pressant : ne pas perdre l'occasion, échanger quelques mots, lui montrer au moins une indifférence souriante, le quitter poliment et sans défaite... Fébrile comme un chien de chasse, Nicolas bousculait les corps. L'étudiant n'était ni parmi les danseurs, ni dans les coursives où les dragueurs draguaient. Son cœur battit plus fort. Il fit plusieurs fois le tour de l'établissement. Un quart d'heure plus tard, il repérait enfin Julien assis près du bar, sur le plongeoir de la piscine.

Un groupe était installé sur les marches qui conduisaient à la longue planche. Tenant à la main son verre d'eau, Julien s'était avancé un peu plus loin. Juché de côté sur le plongeoir, il balançait les jambes un mètre au-dessus de l'eau bleue, dans la lumière électrique. À côté de lui se tenait un homme d'âge mûr en polo ouvert. Il s'exprimait vivement, et le journaliste remarqua que la pointe de son genou gauche touchait la pointe du genou droit de Julien. L'étudiant ne bronchait pas mais semblait boire ses paroles. Nicolas longea le bassin, passa devant Julien. Agitant d'un mouvement naturel la mèche de cheveux qui traînait sur son front, celui-ci l'aperçut. Son regard s'arrêta un instant, hésita ; il adressa à Nicolas un sourire et un bref geste de la main ; puis, comme l'homme le questionnait, il reprit la parole et leur conversation se poursuivit.

Il avait souri et il sembla à Nicolas que ce sourire n'était pas seulement de politesse, mais trahissait une agréable surprise. Aussitôt, toute distance critique s'évapora. Pressé par l'idée d'un amour encore possible, Nicolas considéra qu'il ne pouvait pas reculer. N'osant interrompre la conversation de Julien, il alla chercher un verre au bar puis vint s'asseoir près du plongeoir et attendit patiemment son tour. L'homme parlait avec un accent allemand. Il était volubile, très à l'aise. Riant de ses propres phrases, il tentait de séduire Julien qui succombait à ce flot de mots, adressés à lui personnellement. L'Allemand disait : « Tu es comme ceci, tu es comme cela... » Et le jeune gestionnaire se découvrait avec passion, riait, approuvait, corrigeait, nuançait.

Au bout d'un moment, l'homme se hissa sur le plongeoir, franchit la rangée de garçons fardés assis sur les marches et se dirigea vers les toilettes. Julien demeura seul sur la planche. Sentant le moment venu, Nicolas dérangea à nouveau les garçons qui lui jetèrent un regard agacé. Avançant une jambe sur le plongeoir, son verre à la main, il s'assit précautionneusement près de Julien et lui demanda :

— Je ne te dérange pas?

— Non, pourquoi? répondit Julien, qui le regarda de ses yeux noisette ingénus et l'embrassa sur les deux joues.

Nicolas ne retrouva dans son regard ni l'heureuse surprise ni la fâcherie, mais seulement l'absolue indifférence de leur histoire. Désarmé, il demanda :

— Tu as des nouvelles de James?

Julien raconta qu'après la fête, il avait habité chez lui pendant quelques semaines. « Je te laisserai tranquille, tu pourras travailler », avait promis l'Américain. En réalité, l'étudiant devait se montrer toujours disponible, prêt à sortir, bavarder, regarder la télévision, folâtrer dans les boîtes de nuit. L'année scolaire avançait, la Junior Entreprise avait besoin de lui, le chemin vers l'organisation parfaite de l'économie mondiale était ardu; il avait décidé de réintégrer son domicile. Il venait de trouver un job au ministère de la Culture, dans une structure de liaison entre l'université et les établissements artistiques.

Nicolas, qui espérait un élan d'amitié plus personnel, demanda à Julien s'il aimerait qu'ils se revoient :

— Pourquoi pas... Appelle-moi!

Les quelques semaines d'intimité du « couple à trois » s'étaient totalement dissipées, laissant réapparaître le Julien insaisissable des premiers jours. Il balançait les jambes au-dessus de l'eau. Nicolas balançait les jambes à côté des siennes et regardait sa bouche délicate, se demandant quel genre d'émotion se nichait derrière ce visage, quelle sorte de poésie. Seulement la banalité d'un milieu ? d'une psychologie ? d'une époque ?

Les deux amis restèrent un instant silencieux. De l'autre côté du bassin, dans le tohu-bohu de musique techno, se bousculaient les prophètes de l'Europe nouvelle, barbares déchirés et cadres en veston. Nicolas observait leurs corps dans ce théâtre, jouant avec Paris et contre Paris. D'où venaient-ils ? Où allaient-ils ? Où était-il lui-même ? Que signifiait ce vieux décor ?

L'Allemand longeait la piscine, revenant des toilettes. Julien expliqua :

— Excuse-moi, mais… Faut que je continue de parler avec Werner.

— Bien sûr… À bientôt ! conclut Nicolas, s'efforçant de paraître aussi détaché que Julien.

Il se releva maladroitement sur la planche, esquissa un mouvement vers l'escalier, sa bière à la main. Soudain, l'un des garçons assis sur les marches du plongeoir se retourna vers lui et lança avec une intonation de folle méchante :

— Oh, celle-là, elle commence à nous emmerder.

Nicolas tituba. Levant les bras dans un geste parodique, le garçon cria d'une voix perçante :

— Tu ne peux pas rester tranquille ?

Le journaliste perdit brutalement l'équilibre. Son verre lui échappa des mains et son corps tout entier fut entraîné dans la chute. Il sentit l'eau froide glisser dans ses vêtements, sa tête couler, le goût du chlore entrer dans ses narines. Il s'agita, remonta à la surface. À peine eut-il eu le temps de comprendre ce qui lui arrivait, que son visage émergeait de l'eau et qu'il découvrait, au-dessus de lui, un immense éclat de rire. Dix têtes, cent têtes de jeunes gays penchées vers le bassin, cent spectateurs le montraient du doigt. Cent bouches euphoriques, cent visages déformés par la joie le scrutaient fixement ; larges sourires, lèvres pulpeuses, nez percés par des anneaux, cent gueules déformées par un étouffement hilare. Et parmi ces gueules, au-dessus de l'eau, Julien riait avec les autres. Nicolas cherchait un soutien dans son regard, mais l'étudiant détournait les yeux pour expliquer à Werner :

— Non, je le connais à peine.

Tout en se débattant dans le liquide, sirène en perdition sous les projecteurs, Nicolas se sentait absolument ridicule. Cherchant à survivre à la dérision générale, il afficha à son tour un large sourire au milieu de l'eau. Puis, pour bien montrer qu'il se moquait de lui-même, il accomplit quelques brasses piteuses vers l'échelle métallique qu'il remonta, la queue basse, trempé, dégoulinant au milieu de la haie des corps hilares. Des bras tentèrent de le réconforter. Il sourit encore, complaisant, demanda à se sécher, à se changer. Des mots jaillissaient des petits groupes qui l'étudiaient à voix haute :

— Regarde sa tronche ! Tu l'as vu tomber ? Il se sent con.

Un employé de la piscine l'accueillit dans le local du personnel, où il put enfin se soustraire à la foule. Nicolas ôta ses vêtements, enfila une tenue blanche de garçon de piscine, qu'il rapporterait le lendemain. Puis il appela un taxi qui le déposa rue des Martyrs.

III

Nicolas aime accomplir des promenades au bord de la Seine, marcher sur les berges, aller d'un pas rapide à contre-courant. Certains jours de printemps, il longe le jardin de l'Archevêché, chargé d'arbres en fleurs, de couleurs roses et de feuillages frais. À l'automne, les grands marronniers prennent les teintes rousses et sèches d'un déclin magnifique. L'hiver, sur les mêmes massifs nus, piaillent des colonies d'oiseaux qui s'envolent ensemble d'un coup, accomplissent un grand cercle au-dessus du fleuve pour se réchauffer, puis reviennent se poser sur les branchages.

Sur les pavés, d'innombrables chiots gambadent, s'arrêtent, accomplissent leurs immondices sous les regards attendris de leurs maîtres. Un petit véhicule vert à moteur bruyant s'agite en tous sens. L'engin articulé porte en lettres blanches la mention : « Propreté de Paris ». Il est piloté par un homme, vêtu d'une combinaison en plastique. Sa main dirige une trompe artificielle vers le sol, afin d'aspirer les crottes et résidus de toutes sortes dont les traces sont immédiatement effacées par un jet d'eau savonneuse.

C'est un soir chaud d'été. Des émotions animent les créatures. Quelques couples de pigeons boitillent, pattes rongées par les gaz toxiques, ailes noircies par la suie. Les oiseaux paralytiques déambulent maladroitement l'un derrière l'autre, le mâle presque déjà dans le croupion de la femelle. Sous les arbres se bécotent des jeunes gens et des jeunes filles, livrés tous ensemble au rituel de l'amour.

La nuit tombe. La semaine dernière, la piscine Deligny a coulé au fond de la Seine. En pleine nuit, le vieux théâtre s'est enfoncé et fracassé dans l'eau sale. Les bois peints et les colonnes sculptées ont éclaté en morceaux sous le fleuve. Certains journaux parlent d'accident ; d'autres d'usure ; à moins que les propriétaires n'aient fait couler eux-mêmes ce vieux bibelot trop coûteux… Assis sur un banc au bord de la Seine, Nicolas chantonne ce refrain : *Sometimes I'm happy.* Il se rappelle ses soirées avec Cléopâtre, chez qui ils écoutaient d'autres chansons de Billie Holiday. Il avait dix-huit ans ; elle l'avait entraîné dans le dédale des bars et des caves, jusqu'à son appartement sous les toits. Nicolas fume une cigarette et se dit que Paris est tout de même, certains soirs, par endroits, une très belle ville ; que cette saison ranime la fièvre amoureuse ; qu'ayant l'avantage de n'être pas actuellement amoureux, il se régale de cette vie qui passe, tout autour de lui : couples enlacés, bouffée de tabac, abondance végétale, usure des quais de vieilles pierres, murmure de la ville dans le lointain. Il respire lentement la poésie de la nuit.

Soudain des voix hurlent dans des micros. Des torches jaunes, vertes, éblouissantes, glissent sur l'eau. Un monstre s'est engagé sur cet étroit bras de fleuve, entre la rive gauche et l'île de la Cité. Un gros insecte s'avance, chargé de centaines de touristes hilares hurlants. Le bateau-mouche amiral, entreprise flottante de dépoétisation, éclaire de ses millions de watts chaque recoin du quai. *Édith Piaf* (c'est le nom du bateau, peint en grosses lettres noires) déshabille Notre-Dame. Le magnétophone énonce des commentaires en multiples langues. Anglais. Japonais. Anglais. Allemand. *Schön Paris ! Schön Paris !* Assis sur leurs sièges en plastique orange, les passagers applaudissent. La bête préhistorique disparaît, suivie par d'autres machines semblables, de plus en plus grosses, lumineuses, bruyantes.

PREMIÈRE PARTIE
Portrait de Nicolas 9

DEUXIÈME PARTIE
Le marché des anges 49

TROISIÈME PARTIE
En être ou ne pas en être 113

QUATRIÈME PARTIE
Sometimes I'm happy 183

DU MÊME AUTEUR

Aux Éditions Gallimard

L'AMOUREUX MALGRÉ LUI, *roman* (collection L'Infini, 1989)

TOUT DOIT DISPARAÎTRE, *roman* (collection L'Infini, 1992)

GAIETÉ PARISIENNE, *roman* (1996)

DRÔLE DE TEMPS (1997), *Prix de la Nouvelle de l'Académie française*

Chez d'autres éditeurs

SOMMEIL PERDU, *roman* (Grasset, 1985)

REQUIEM POUR UNE AVANT-GARDE, *essai* (Robert Laffont, 1995)

L'OPÉRETTE EN FRANCE, *essai illustré* (Le Seuil, 1997)

Composition Interligne.
Impression Société Nouvelle Firmin-Didot
à Mesnil-sur-l'Estrée, le 6 avril 2000.
Dépôt légal : avril 2000.
1er dépôt légal dans la collection : octobre 1998.
Numéro d'imprimeur : 51013.

ISBN 2-07-040568-0/Imprimé en France.

95975